KB101971

조선의 봄

FUSION FANTASTIC STORY

매검향 장편소설

조선의 봄 1

매검향 장편소설

초판 1쇄 찍은 날 § 2017년 2월 22일
초판 1쇄 펴낸 날 § 2017년 3월 1일

지은이 § 매검향
펴낸이 § 서경석

편집책임 § 김슬기

펴낸곳 § 도서출판 청어람
등록번호 § 제387-1999-000006호
등록일자 § 1999. 5. 31
어람번호 § 제1-2639호

주소 § 경기도 부천시 부일로 483번길 40 서경B/D 3F (우) 14640
전화 § 032-656-4452 팩스 § 032-656-4453
http://www.chungeoram.com
E-mail § chungeorambook@daum.net

ISBN 979-11-04-91220-7 04810
ISBN 979-11-04-91219-1 (세트)

조선의 봄

1

매검향 장편소설

FUSION FANTASTIC STORY

도서출판
청어람

朝鮮

조선의 봄

목차

C O N T E N T S

제1장
저가(邸家)上

충청도 은진군(恩津郡) 성동(城東) 서부 월명산(月明山) 기슭에는 농가 이백여 호가 옹기종기 자리 잡고 있었다.

그 마을 중심에는 단 하나뿐인 기와집 한 채가 자리잡고 있었다.

때는 하루해가 막 뉘엿뉘엿 넘어가고 사위에 어둠이 내려앉기 시작할 무렵이었다.

이때 이 집의 하인 장쇠는 한숨을 푹푹 내쉬며 사랑채로 향하고 있었다.

그런 그는 불빛 하나 없는 캄캄한 방을 보고 한숨을 들이

쉬고 내쉬며 한탄했다.

"하늘도 무심하시지. 이제는 삼대독자마저 데려가시면 우리 집안은 어떻게 되는 겁니까?"

캄캄한 하늘을 보고 길게 탄식하던 장쇠는 어쩔 수 없다는 듯 사랑방 문을 열고 들어가 등잔 심지에 불을 붙였다. 그리고 안타까운 눈으로 아랫목을 내려다보는 순간. 그의 입에서 비명이 터져 나왔다.

"악! 분명 움직였어. 손가락이 움직였어!"

한걸음에 달려간 장쇠는 아랫목에 누워 있는 열두 살 정도 되는 소년의 몸을 흔들며 소리쳤다.

"도련님, 도련님! 정신이 드십니까?"

"물, 물……!"

"아, 네!"

반갑게 대답한 장쇠는 방문을 열고 버럭 소리를 질렀다.

"점순아! 빨리 물 떠와!"

"마님, 마님……!"

비록 담장 하나를 격하고 있었지만 장쇠의 격정적인 외침에 신발 끄는 소리와 반가운 외침이 동시에 터졌다.

"혹시 우리 병호가 살아나기라도 한 게냐?"

"빨리 와보세요, 마님!"

"가요, 가!"

뒤늦게 점순은 대답하며 사발에 물을 떠 사랑채로 달렸다.

급한 마음에 달리다 보니 물의 반은 이미 엎질러진 상태였다. 경황 중이라 마님마저 앞지른 점순은 곧 열린 문 안으로 달려 들어가 도련님을 불렀다.

"도련님, 도련님! 정신이 좀 드세요?"

"물, 물……!"

여전히 손을 허우적거리며 물을 찾는 김병호(金炳浩)에게 물을 먹이기 위해 장쇠는 급히 다가가 그의 상체를 들어올렸다. 그러자 점순이 그의 입에다 사발을 대주었다.

이에 병호는 반은 흘리며 꿀꺽꿀꺽 급히 마셨다.

이때 방으로 들어온 마님이 울음을 터뜨리며 아들의 이름을 불렀다.

"병호야! 네가 살아났구나!"

이 소동에 행랑채에 머물던 이 집안의 청지기이자 장쇠의 조부인 돌쇠 할아범마저 방을 기웃거리며 함박웃음을 지었다.

이때 바깥으로 많이 나돌아 제법 물정을 아는 장쇠가 지껄였다.

"이럴 게 아니라 안정을 취하게 눕혀야겠습니다."

"그래, 그래! 우리도 조용히 하고."

이렇게 말하는 금년 33세의 청상 이씨(李氏)는 체통도 잊고 무명 치마에 코를 횡하니 풀었다.

이때 반듯하게 누운 병호는 다시 잠이 들었는지 두 눈을 꼭 감고 고른 호흡을 보이고 있었다.

그래도 행여나 잘못될세라 마님은 조심조심 다가가 아들의 코에 손을 대어보았다.

곧 그녀의 얼굴에는 웃음이 떠올랐고, 장쇠 역시 안심치 못하고 호흡을 확인했다. 그리고 길게 내쉬는 그의 한숨 속에는 안도감이 가득했다.

사실 이 집안의 삼대독자 김병호는 점심나절만 해도 호흡이 끊어졌었다.

이에 장쇠는 남의 눈에 안 띄는 밤을 택해 그를 뒷산에 묻기 위해 조금 전에 들어왔던 것이다. 그런데 생각지 못한 집안의 기둥이 다시 소생했으니 그를 비롯한 식구들의 기쁨은 이루 말할 수 없었다.

그렇게 식구들이 모두 뜬 눈으로 지새우고 있는데 병호가 다시 눈을 뜬 것은 새벽녘이었다.

눈을 떠 사방을 둘러보던 병호가 기운 없는 목소리를 토해 냈다.

"여기가 저승인가? 그런데 왜 이렇게 전신이 가려워?"

병호가 무심코 손을 들어 얼굴을 긁으려 하자 장쇠가 벼락

같은 음성을 토해냈다.

"도련님! 긁으시면 안 됩니다. 곰보가 되십니다."

사실 병호는 지금 마마, 즉 두창(痘瘡)을 앓아 온 얼굴에 딱
지가 가득했다.

이는 병이 나아가는 과정이었다.

그래도 병호의 손이 멈추지 않자 장쇠는 기어코 그의 양손
을 꼭 붙들었다.

"아이고, 가려워 미치겠다. 누가 내 얼굴하고 등 좀 긁어
줘."

"안 됩니다. 도련님! 조금만 참으세요."

장쇠의 말이 무색하게 병호는 계속 혼자 지껄이고 있었
다.

"여기 저승 아니야?"

그런 아들이 안타까워 어머니 이 씨가 아들의 이름을 부르
다가 급기야 울음을 터뜨렸다.

"병호야! 흑흑흑……!"

이 소동에 상체를 들어 이 씨를 본 병호가 화들짝 놀라 소
리 질렀다.

"당신은 또 누구야?"

"병호야! 어미다, 어미! 어미도 몰라본단 말이냐?"

"끙……!"

괴로운 신음을 토하며 다시 눕는 병호의 머릿속으로는 지금 과거의 기억들이 주마등처럼 스쳐 지나가고 있었다.

전생에서도 자신의 이름은 한자도 같은 김병호(金炳浩)였다.

그는 가난한 농가의 아들로 태어났다. 하지만 아들은 꼭 대학까지 졸업을 시키겠다는 무학이지만 부지런한 아버지 덕분에, 대학까지 나와 평범한 샐러리맨이 되었다. 그러나 인생 유전의 부침 속에 사업에 손을 댔던 그는 IMF 때 그야말로 쪽박을 차고 말았다.

모진 운명은 여기서 끝나지 않았다.

교통사고로 하반신 마비가 된 그는 판타지 작가가 되어 생활했다. 그러나 하늘의 운명은 그에게 결코 많은 수명도 주지 않았다.

60대 초반에 위암 판정을 받아 끝내 회복치 못하고 그대로 생을 마감하고 말았던 것이다.

그런 그에게 저승도 아닌 이 낯선 풍경은 도저히 이해가 되지 않았다.

그런 그에게 전직 작가답게 상상력이 동원되었다.

'혹시 기억을 지닌 채 환생? 아니 남의 육신을 빌었으니 빙의? 그렇다면 이 녀석은 뭐하던 녀석이지?'

녀석의 기억을 떠올려 보기 위해 집중하는 순간 그는 골이 빠개지는 아픔을 느끼고 그대로 혼절했다. 이 모습에 그를 지켜보던 사람들은 금방 난리가 났다.

"병호야!"

"도련님!"

두 여인의 울음소리가 점점 격해지는데 장쇠가 그런 두 여인을 달랬다.

"잠시 혼절한 것인지 모르니 기다려 보세요."

말을 하며 장쇠가 코끝에 손가락을 대어보니 호흡은 여전히 고르게 느껴졌다.

"호흡이 정상이니 너무 걱정 마세요."

"정말이냐?"

"잠시 혼절한 것 같습니다."

"그렇다면 불행 중 다행이다만."

이렇게 소란스러운 밤이 지나고 병호가 다시 깨어난 것은 다음 날 해가 중천에 뜬 무렵이었다.

그리고 병호가 완전히 제 의식을 회복한 것은 저녁나절이었다.

즉 자신의 전생 기억과 더불어 현생 병호의 기억마저 되살린 채 완전체가 된 것이다.

*   *   *

그로부터 보름 후.

완전히 몸을 추스른 병호는 집을 나서고 있었다. 때는 삼월(음력) 중순으로 지천으로 꽃들 피어나고 벌과 나비가 나는 호시절이었다.

이런 나들이하기 좋은 계절에 병호는 장쇠와 함께 집을 나서고 있었다.

비록 오늘 내일의 끼니를 걱정해야 하는 집안이었지만, 양반가답게 조랑말 한 필은 있었다. 작은 체고의 조랑말에 올라서도 위태위태한 병호를 위해 장쇠는 말고삐를 잡고 천천히 대문을 나섰다.

"몸은 다 나으신 거예요?"

"물론."

간단하게 대답하는 병호의 입가에는 미소가 피어오르고 있었다.

처음에는 존댓말을 쓴다고 장쇠에게 핀잔도 많이 들었다. 자신의 나이는 이제 겨우 열두 살인데, 장쇠는 올해 벌써 스무 살이었기 때문이었다.

"그나저나 꼭 마님의 명을 어기시고 그렇게 하셔야겠어요?"

"너무 걱정 마시게, 다 방법이 있으니, 하고 전 식구가 매일 죽도 못 먹고 냉수로 배를 채워야겠어?"

"양식이야 소인이 어떻게든 마련해 볼 테니 제발 마님의 뜻을 존중해……."

"더 이상 아무 말 마시게. 내 결심은 확고부동하니까. 아니! 저건 또 뭐야?"

경악을 금치 못하는 병호의 말에도 장쇠는 태연하게 대답했다.

"아! 마마에 걸려 죽은 삼돌이의 시체예요."

지금 병호의 눈앞에는 생전 처음 보는 낯선 풍경이 전개되고 있었다.

동네 어귀의 나뭇가지에는 가마니에 둘러싸인 흉측한 시신 한 구가 걸려 있었기 때문이었다.

이는 두창에 걸린 사람을 전염이 될까봐 이렇게 밖으로 내놓은 것이다.

나으면 낫고 죽으면 죽으라는 식으로 방치를 하는 까닭에, 대부분은 죽어 저렇게 시신이 되어, 썩어서 뼈를 추스를 수 있을 때까지 방치되는 것이다.

이는 그래야 마마 귀신이 해코지를 않고 저승으로 간다는 믿음 때문에 벌어지는 어처구니없는 풍경이었다. 참으로 어이없는 일이었지만 그보다 더 지독한 것은 벌써 시체에서 풍겨오는 악취였다.

봄인 지금도 그런데 이것이 여름이 되면 얼마나 부패가 심하고 냄새가 날 것인가를 생각하니, 병호는 생각만 해도 진저리가 쳐졌다.

그런데 문득 떠오르는 의문이 있었다.

"그런데 왜 나는 저렇게 안 했지?"

"어찌 양반 가문의 귀한 삼대독자를 그렇게 할 수 있습니까? 저놈이야 노비니 저렇게 해도 싸지만, 아마 도련님을 저렇게 했으면 마님부터 지레 돌아가셨을 겁니다."

말없이 고개를 끄덕인 병호가 장쇠에게 물었다.

"여기서 강경포구(江景浦口)까지는 얼마나 걸리지?"

"한나절이면 되지만 늦게 출발했으니, 중간에 주막에서 묵어야 될 것 같은데요?"

장쇠의 말마따나 자신이 게으름 피는 바람에 해가 벌써 중천에 떠있었다.

"주막에 묵을 돈은 있고?"

"간신히 하룻밤 묵을 정도의 노자는 있습니다."

"참으로 한심하구나……."

병호가 정말 탄식할 만했다.

그가 다 낫자마자 제일 먼저 한 일은 목욕과 손발톱을 자르는 일이었다. 특히 왼쪽 손가락을 이 몸뚱이의 주인은 길게 기르고 있었다.

이는 알고 보니 대개 할 일 없는 양반들이 자신의 신분을 표시하기 위해 하는 짓이었다.

즉 손톱이 길면 자연적으로 그 손톱이 부러질까봐 육체노동을 못하게 되어 있다.

그런고로 길게 기른 손톱은 그의 신분을 나타내는 일종의 신분 표식이나 마찬가지였다.

병호가 손톱 생각을 하고 있는 동안 장쇠가 뒤처지기에 바라보니, 그는 그새를 못 참아 또 곰방대를 물고 있었다. 지금 이 조선 사회의 큰 병폐 중 하나는 남녀노소를 불문하고 연초를 즐긴다는 사실이었다.

지금도 전해 내려오는 풍속도 중에 아비의 등에 업혀가는 어린 딸년이 장죽을 물고 가는 그림이 있다.

그와 같이 지금의 조선은 어리나 늙으나 남녀 불문하고 담배를 피우는 세상이었다.

그러나 다행히도 어머니와 점순이는 담배를 배우지 않았다.

아무튼 이렇게 저녁나절까지 조랑말이 가는 대로 흔들려 가다 보니, 두 사람 앞에 네 채의 주막이 나타났다. 이를 본 장쇠가 물었다.

"도련님, 여기서 묵어가시겠습니까?"

"아무래도 그래야 하지 않겠어?"

"마지막 노자라는 것만 알고 묵으십시오."

"하면 내처 갈까?"

"그것도 안 될 말이죠. 아직 몸도 성치 않은데, 밤이면 추위 도련님이 견디지 못하실 겁니다."

"아니래도 벌써 좀 춥다."

"내일은 어떻게 되더라도 오늘은 일단 묵어가시죠?"

"그래."

생각이 일치한 두 사람은 곧 네 채의 주막을 둘러보았다. 그러던 중 병호의 눈에 유독 띄는 집이 있어 장쇠에게 말했다.

"저 집에 묵지."

"저 집은 더 비싼뎁쇼?"

"왜?"

"이 집은 원(院)으로 일반 주막집과는 격이 좀 다릅니다."

"비싸다는 말이지?"

"네."

"할 수 없지. 그냥 일반 주막으로 들자."

"네, 도련님!"

의견 일치를 본 두 사람은 곧 제일 첫 집으로 들어갔다.

원(院)은 역참과 역참 사이에 설치되었던 국영 숙소로 교통 사정이 좋지 않았던 고려 조선조 당시, 도둑이나 맹수로부터 여행자를 보호하고 사신을 접대했던 곳이다.

그러나 나중에는 일반 나그네도 투숙이 허용되었지만 사용자가 제한되어 쇠퇴하였다. 하지만 공주와 전주를 잇는 길목인 이곳 원목 다리(院項)에서는 아직도 영업을 하고 있었다.

아무튼 두 사람이 첫 주막에 들어서니 이미 이 집은 만원이라 발 디딜 틈이 없을 정도로 복작거리고 있었다. 이에 두 사람은 나머지 원까지 세 집을 돌아보았으나 마찬가지로 방은 이미 손님으로 가득 차 있었다.

실망한 표정으로 병호가 장쇠에게 물었다.

"원래 평소에도 이렇게 손님이 많은가?"

"오늘이 열 여드레니 내일 열리는 강경장 때문에 그런 것 같습니다."

"내일 일찍 장에 가기 위해 먼 곳에 있는 사람들이 미리 와 묵고 있다는 말 아닌가?"

"그렇습니다."

"그나저나 우린 어떻게 하지?"

"비집고라도 자야지 어쩌겠습니까?"

"할 수 없지. 가서 흥정을 해보시게."

"흥정을 하고 자시고 다 가격이 정해져 있으니, 따라오기나 하세요."

알았다는 듯 고개를 끄덕인 병호는 앞장선 장쇠를 따라가 그가 하는 대로 평상의 한 모퉁이를 치자하고 앉았다.

"주모! 여기 개장국 두 그릇 주시게."

개장국이라는 말에 병호가 눈살을 찌푸리며 물었다.

"파는 음식이 그것밖에 없는가?"

"국밥이며 닭개장도 있지만, 도련님의 빠른 회복을 위해서
는 그것이 좋습니다."

"커흠……!"

전생에서도 보신탕을 먹어봤고, 못 먹지는 않았지만 왠지
께름칙한 것은 사실이었다.

그러나 다투기 싫어 큰 기침을 하고 있으려니 수더분하게
생긴 주모가 이미 준비가 되어 있었던 듯 바로 음식을 내오며
물었다.

"탁배기는 필요 없소?"

주모의 말에 입맛을 다시며 눈치를 보던 장쇠가 병호에게
물었다.

"한잔해도 될까요? 도련님!"

'돈은 있고?'라는 물음이 목구멍까지 올라왔으나 점잖게 말
했다.

"마시고 싶으면 한잔하시게."

"고맙습니다. 도련님! 여기 막걸리 한 사발 주시오."

"네!"

곧 개장국을 내려놓은 그녀가 빠른 걸음으로 사라지고 두 사람은 정신없이 개장국을 퍼먹었다. 그러고 있는데 막걸리 한 사발도 나와 장쇠는 이마저 숨 한 번 쉬지 않고 비워 버렸다.

그러고도 구척장신답게 부족한지 입맛을 쩝쩝 다시던 그는 개장국마저 마파람에 게 눈 감추듯 순식간에 비워버렸다. 곧 두 사람은 조랑말을 주막의 하인에게 맡기고 방으로 들어갔다.

"좀 당겨 누웁시다."

팔척장신의 거구가 미리 들어와 있던 손님들을 발로 툭툭 차며 자리를 낼 것을 종용하자, 모로 드러누워 칼잠을 자고 있던 치들마저 더욱 밀착을 하는데, 굳은 표정의 병호는 그 자리에 못 박힌 듯 서 있었다.

보통 성인도 발을 오므려야 잘 정도로 비좁은 방에 십여 명이 모였는데 벽은 새까맣게 구슬렸고, 바닥은 돗자리를 간 맨바닥이었다.

게다가 어느 놈은 몇 번 컥컥 하더니 그대로 돗자리를 들어, 흙이 고스란히 드러난 맨바닥에 누런 가래침을 거침없이 뱉었다.

그뿐인가? 벌써 잠든 놈도 몇 명 있어 코 골고 이빨까지 가니, 병호는 만정이 떨어지고 말았다.

이에 병호가 두 말 없이 등을 돌리는데 장쇠가 그의 팔을 잡으며 말했다.

"기껏 아랫목 잡아놨는데 어딜 가시려고 그러십니까? 나가면 고뿔 걸리기 십상입니다."

"어떻게 이런 곳에서 잠을 자나?"

"그럼, 다른 주막은 별수 있을 것 같습니까? 다 피장파장이니 어서 누우시죠."

어쩔 수 없이 병호는 장쇠가 잡아준 제일 아랫목에 모로 누워 간신히 잠을 청하고자 하는데 이게 도저히 잘 것이 못되었다.

조금 있으려니 그새 옮았는지 이와 빈대 벼룩 등으로 온몸이 가렵고 따끔거렸다. 게다가 방은 불을 얼마나 쳐댔는지 살이 익을 정도로 뜨거웠다.

기어코 더 이상 인내하지 못한 병호가 벌떡 일어서서 장쇠에게 말했다.

"도저히 못 자겠다."

병호의 말에도 장쇠는 여전히 누운 채 달래듯 말했다.

"거참, 도련님도. 어디 집만 하겠습니까? 집 나오면 다 개고생이란 말입니다."

"웬만하면 참아보려 했는데 도저히 가렵고 더러워 못 자겠다. 게다가 이빨을 왜 이렇게 심하게 가는 거야."

"어쩌시려고요?"

"밤새 강경포로 가는 게 낫겠어."

"고뿔 걸리십니다."

"그래도 할 수 없어. 도저히 가렵고 숨이 막혀 못 자겠어. 방은 왜 이렇게 뜨거워."

"계속 음식을 해내느라 불을 쳐대니 뜨거울 수밖에요."

"어서 일어나. 나가자!"

"정말 안 주무실 겁니까?"

"그래. 얼어 죽더라도 밖으로 나가자."

"에고, 고생이 뭔지 모르고 자라시더니만……."

투덜거리며 장쇠도 앞서 나간 병호를 따라 새우등이 되어 간신히 좁은 방문을 빠져나왔다. 곧 주모 앞으로 다가간 장쇠가 물었다.

"얼마요?"

"왜, 그냥 가시게?"

"빨리 계산이나 해주쇼."

"음……. 가만있어 보자."

이때 눈치 하나는 되게 빠른 바쁜 주모의 기둥서방이 조랑말을 끌고 오며 말했다.

"바쁜 당신은 어서 들어가 일봐. 계산은 내가 할게."

"틀림없이 계산 잘해."

"그래. 알았어, 알았어."

서방의 대답에 코를 휑하니 푼 주모가 그 더러운 손을 앞치마에 문지르고 부엌으로 사라지자, 서방이 손가락을 꼽으며 본격적으로 계산을 하기 시작했다.

"개장국 한 그릇이 스무 푼이니 두 사람이면 40푼, 막걸리한 사발이 15푼, 여기에 말은 별도로 또 10푼이니, 도합 예순다섯 푼이오."

"뭐가 그렇게 비싸오?"

병호가 소리를 지르자 기둥서방이 웃으며 말했다.

"잠까지 주무시면 1냥인데, 그래도 안 주무시니 싼 것입니다."

"육십 푼!"

둘의 하는 짓을 보고 있던 장쇠가 딱 자르며 등에 메고 있던 괴나리봇짐을 풀어 돈을 세기 시작했다.

"세 푼만 더 내쇼."

장쇠 가까이 다가가며 손을 벌리는 서방을 향해 육십 푼을 손에 쥔 장쇠가 바닥에 집어던지는 시늉을 하자 기둥서방이 급히 말했다.

"육십 푼에 해드릴 테니, 던지지나 마시오."

"하하하……! 여기 있소."

말과 함께 엽전 육십 개를 서방의 손에 올려준 장쇠는 조랑말 고삐를 잡고 앞장서며 말했다.

"가시죠, 도련님!"

"어험! 그럼 가 볼까?"

이렇게 두 사람은 다시 길을 나서게 되었다.

여기서 이 당시 조선의 화폐인 상평통보의 가치를 짚고 넘어가면 다음과 같았다.

1678년(숙종 4) 상평통보(常平通寶)가 주조되어 유통되었는데, 이때 화폐단위의 기준은 양(兩)이었고, 전(錢)은 보조적인 화폐단위로 10푼(文)은 1전, 10전은 1냥, 10냥은 1관(貫)이라는 계산 방식이 사용되었다.

푼(分)은 상평통보 즉 엽전 1개를 이름으로, 1푼 즉 1문(文) 열 개를 1전(錢)이라 했고, 10전이 곧 1냥(兩)이요, 2냥이 곧 은 1냥이었다.

이를 대충 지금의 한국 화폐로 치환한다면 대략 4만원 가치였다.

오늘이 삼월 열 여드레.

다행히 날이 맑아 조금은 일그러진 보름달이 온 누리에 환하게 비치고 있었다.

둘은 쏟아지는 달빛 속을 한 사람은 조랑말에 타고, 한 사람은 이를 끌며 천천히 앞으로 나갔다.

그렇게 이들이 얼마쯤 갔을까. 뒤에서 이들을 부르며 쫓아

오는 한 인물이 있었다.

"같이 갑시다."

이에 병호가 돌아보니 갓을 쓰고 괴나리봇짐을 맨 양반 같은 자 하나가 바삐 걸어오고 있었다.

둘이 멈춰 서서 기다리자 합류한 그가 숨을 헐떡이며 말했다.

"강경장에 가시오?"

"그렇소. 헌데 보아하니 양반인데, 어디 과거라도 보러 가시오?"

병호의 물음에 그가 진저리를 치며 답했다.

"과거라면 이제 진절 넌덜머리가 난다오. 이날 이때까지 떨어졌으니 벌써 몇 번을 떨어졌는지……."

그의 말에 그의 나이를 대충 가늠해 보니 얼핏 보아도 서른은 넘어 보였다.

"하면 무엇 때문에 어딜 가시오?"

"휴……!"

한숨부터 내쉰 그가 답했다.

"물려받은 재산도 없는 데다 매번 과거에 떨어지다 보니 집안 형편이 말이 아니라오. 자식새끼들은 지지배배 밥 달라고 아우성인데, 따비밭 하나 없이 아내가 베를 짜 겨우 목구멍에 풀칠은 했으나, 더 이상 급제할 가망도 없고. 해서 일자리나 찾아보려도 강경 대처를 찾아가는 길이오."

"양반으로 글만 읽었다면 매사 일이 쉽지 않을 텐데요?"

"이젠 과거에 한이 맺혀서라도 천한 일 힘든 일 전혀 안 가리고, 돈을 모으는데 이 목숨 바칠 각오요."

"허허……! 참으로 험한 세상이로고."

나이답지 않게 의젓하게 나오는 병호를 실눈으로 바라보던 선비가 말했다.

"우리 이렇게 만난 것도 인연인데 통성명이나 합시다. 나 공주(公州) 사는 구장복(具長復)이라 하오."

제2장

저가(邸家)下

"능성구씨(綾城具氏)요?"

"그렇소."

"나는 김병호라 하고 안동 김문이오."

"허허……! 대단한 세도 가문의 인물이 어찌……."

"안동 김문이라 해서 다 같은 것은 아니지요."

"하긴……! 그래, 무엇하러 어딜 가는 길이오?"

"나 또한 일이 있어 강경포로 가나, 아직 마땅한 일자리가 없다면 나와 동행하는 게 어떻겠소?"

"좋은 일이라도 있소?"

"어쩌면."

"좋소. 일자리를 구할 수 있다면 무엇이든 할 각오이니, 어느 일자리든 구해만 주시오."

"그럽시다."

이렇게 해서 이들은 축시 말(丑時 末: 오전 3시)에는 강경천(江景 川) 변에 다라라 하염없이 날이 새기만을 기다리게 되었다.

이렇게 병호가 오들오들 떨며 날이 새길 한 시진 이상 기다리고 있으니, 자욱한 물안개 사이로 외치는 소리가 들려왔다.

"거, 내를 건널 거요?"

"그렇소."

장쇠의 대답과 함께 잠시 기다리니 제법 큰 나룻배 하나가 삐걱거리며 다가왔다. 이에 조랑말과 함께 세 사람이 승선을 하는데, 어느새 다가왔는지 부근에 있던 세 사람의 장꾼도 함께 배에 탔다.

흔들리는 배 때문에 쪼그려 앉은 병호가 사공에게 물었다.

"박춘보(朴春補)라는 객주집이 어디요?"

"소인이 알고 있으니, 도련님은 잠자코 계세요."

"그래?"

"허허……! 박 저가(邸家)를 찾아가는 길이시우?"

"그렇소만,"

"웬만한 연이 아니면 만나기 힘들 텐데요."

"왜 그렇소?"

"강경포 제일 객상을 쉽게 만날 수 있다고 생각하는 것 자체가 우스운 일이지요. 하고 보아하니 양반이신 것 같은데 쇤네 같은 놈에게는 말을 놓으셔도 됩니다."

"알겠소."

이렇게 이야기하는 사이에 배는 어느덧 선착장에 도착해 일행 모두가 배에서 내리게 되었다.

배에서 내리자마자 장쇠가 두 사람에게 말했다.

"소인만 따라 오시면 됩니다."

"그러세."

선비의 대답이 끝나자마자 말고삐를 쥔 장쇠가 성큼성큼 앞장서서 걷고 선비 또한 조랑말을 따랐다.

장쇠는 곧 천변을 따라 북쪽을 향해 빠르게 걸었다.

그렇게 얼마를 가자 햇살이 비쳐들며 안개가 벗어지기 시작했다.

그리고 눈앞에 나타난 광경은 실로 조선의 3대 시장답게 장관이었다.

포자(鋪子: 오일장) 설치를 계기로 발전한 강경(江景)은 조선

말까지 평양장, 대구장과 어깨를 나란히 한 전국 3대 시장의 하나였다.

또 원산 포와 함께 조선 2대 포구로 명성을 날린 곳이 바로 이 강경이었다.

소금은 기본이고 서해의 풍부한 어물도 이곳에 다 모였다. 자연스럽게 팔고 남은 수산물을 오래 보관하기 위해 염장법과 수산 가공법이 발달했다.

4, 9일에 열리던 강경 장에서 유통되던 상품들은 쌀, 콩, 면포, 마포, 유기, 토기, 철물, 북어, 해채, 연어, 준치, 조기, 청어, 숭어, 송아지, 담배 등이었다. 조선 시대 강경엔 상인들만 모여든 게 아니었다.

유생들의 발길도 끊이지 않았다.

율곡 이이의 학통을 이은 기호학파가 꽃을 피운 곳이 바로 이곳 은진(恩津: 논산)이었다. 사계 김장생과 우암 송시열로 이어지는 조선 중후기 재야의 거두들은 전국에서 모여드는 유생들을 이곳 강경에서 맞이했다. 임이정과 팔괘정, 죽림서원 등에서 말이다.

강경(江景)이란 지명이 내포하듯 강경을 말할 때 금강을 빼놓을 수가 없다. 금강에 의해 형성된 도시가 바로 강경이다.

뱃길이 내륙 깊숙한 곳까지 이어지니 이보다 좋을 수 없었다. 3~6월 한창 성어기 땐 하루 수백여 척의 배가 드나들었다.

이 배들을 통해 서해의 해산물도 이 강경포구로 모여들었다.

조선 후기, 충청도와 전라도, 경기도 상인들이 생선과 건어물을 사기 위해 몰려들면서 큰 시장을 형성했다. 당시 최대 거주인구는 3만 명에 달하고 유동 인구까지 합하면 10만 명을 넘어 여각마다 초만원이었다.

강경포구가 조선 후기 3대 시장의 하나로, 수산물 집하장으로 본격적인 역할을 할 수 있었던 건 돈 많은 객주들이 몰려들었기 때문이다.

이들은 철저한 객주 중심 체제를 유지해 전국 각지의 상인들로부터 출어 자금을 대주고 잡은 고기를 판매하며 상권을 확장했다.

객주 한 사람이 수십 명의 수산물 도매상인을 움직이고 뱃사람까지 부리면서 자연스럽게 강경 수산물 시장은 객주 중심으로 발전했다.

당시 강경엔 배를 열 척 이상 부리는 객주들이 20여 명이나 있었다.

이렇게 병호가 본 외포 선착장 부근에는 수백 동의 창고가 줄지어 서 있었으며, 또 한쪽은 주막과 전방, 마방, 민가가 보이고 다른 한쪽은 기방 등의 색주가가 크게 자리 잡고 있었다.

그리고 황산(黃山)나루 선착장에는 벌써 수십 척의 배가 마치 병풍처럼 담을 두른 듯 길게 늘어서서 짐을 싣고 내리고 있는 광경에 병호의 눈이 휘둥그레졌다.

'조선에도 이런 도시가 있었구나!'

병호가 감탄하는 사이 장쇠는 조랑말을 끌고 어느 전방으로 향했다. 열 명 가까이 되는 사람이 몰려 복작거리는데 장쇠가 큰 소리로 외쳤다.

"저가 계시오?"

"누가 새벽 댓바람부터 저가를 찾고 난리냐? 어, 자네가 웬일인가?"

삼십 대 후반의 제법 준수하게 생긴 사내가 장쇠를 알아보고 물었다.

"잘 계셨소?"

"그래, 아니, 도련님도 오셨구나!"

"네."

이때 안에서 작은 키지만 다부지게 생긴 사십 대 초반의 사내가 나타났다.

살짝 얽은 곰보였지만 그것이 큰 흠이 되지 않을 정도로 당차 보이는 사람이었다.

이 사람이야말로 이 전방의 주인으로 여각(旅閣) 객주(客主) 박춘보(朴春補)였다. 그런 그가 장쇠를 보고 반가운 투로 말했다.

"아, 자네가 웬일인가?"

"도련님이 드릴 말씀이 있다고 해서."

"아, 그래?"

새삼스러운 눈으로 아직 조랑말에 올라있는 병호를 아래위로 훑던 박춘보가 말했다.

"여기서 이러고 있을 것이 아니라 일단 안으로 드세."

"네."

공손히 답한 장쇠가 병호에게 말했다.

"들어가시죠. 선비님은 잠시 기다리시고요."

"그럼세."

구장복이 대신 조랑말을 인계받으며 밖에서 기다리는 동안 병호는 말없이 장쇠를 따라 전방으로 발을 들여놓았다.

물품 하나 없는 전방은 강경 제일 객주라는 지위답지 않게 의외로 작았다.

병호가 실망하는지 마는지 알지 못하는 박춘보는 전방 끝의 계단에 서서 말했다.

"따라 오시죠."

그는 곧 내부 계단을 통해 이층으로 올라갔다. 이에 장쇠와 병호가 따라 올라갔다. 이층에 도착하니 바닥은 송판으로 덮혀 있었고, 그의 집무실인 듯 큰 책걸상 하나와 가운데는 탁자를 중심으로 여러 개의 걸상이 보였다.

박춘보가 사방을 훑고 있는 병호에게 걸상 하나를 빼주며 말했다.

"앉으시죠."

"고맙습니다."

깍듯이 예의를 차린 병호가 걸상에 앉자 장쇠는 마치 그를 보호하기라도 하듯 그의 뒤에 시립했다.

이를 말없이 바라보던 박춘보도 탁자 맞은편 걸상에 앉았다.

"그래. 어쩐 일로 새벽부터 먼 걸음을 하셨나?"

박춘보가 장쇠에게 묻는 말이었다.

"도련님이 드릴 말씀이 있다고 해서요."

박춘보의 시선이 자연스럽게 병호에게 향했다.

살짝 미소를 띤 박춘보가 물었다.

"생각이 바뀌기라도 하신 겁니까?"

"답을 하기 전에 먼저 물어볼 말이 있습니다."

"얼마든지요?"

"왜 우리 가문에 청혼을 한 겁니까?"

"흐흠……! 솔직히 말씀드려야겠죠?"

"물론이오."

"귀 가문이 안동 권문의 가까운 일족이기 때문이오."

"우리 집안과 실제 세도가의 집안과는 왕래가 끊어진 지 오래되었습니다."

"물론 그렇긴 합니다만, 가까운 친족끼리는 얼마든지 복원이 가능하다 생각합니다."

"흐흠……!"

나이답지 않게 침음한 병호가 다시 물었다.

"꼭 우리 가문이 아니더라도 다른 유력 가문과 손잡을 수 있는 것 아니오?"

"모든 장사가 그렇듯 고관 또는 유력가문이 뒷배를 봐주지 않고는 힘든 세상입니다. 그 일례로 예전에 은진 군수가 발행하는 차첩(差帖: 객주업을 영위할 수 있는 일종의 영업허가증) 하나에 300냥 정도면 되었습니다. 그 기간은 3년이고요. 그런데 요새는 어떻게 된 일인지 2년에 500냥으로 올랐습니다. 이것도 아마 모르긴 몰라도, 곧 1년에 천 냥으로 뛰지 않을까 생각하고 있습니다. 이런 세상이니 기왕 손을 잡으려면 조선 제일 세도 가문과 손잡고 싶은 것이 제 솔직한 심정입니다."

"좋소! 하면 우리 교환합시다."

"무슨……?"

"안동 권문과의 세교(勢交)는 내가 책임질 것이고, 그 대신

나를 이 상단의 후계자로 지명해 주시오."

"험, 험……!"

잠시 헛기침으로 이해득실을 가늠한 박춘보가 말했다.

"마땅히 대를 이을 아들 하나 없는 나로서는 어려서부터 신동으로 이름을 날린 선비님이, 내 뒤를 잇는 것은 지극히 환영할 일이나, 한 가지 미심쩍은 점이 있습니다."

"내가 양반이라서 재산만 물려받고 상행위는 등한시할까봐 그러는 것이오?"

"솔직히 그렇습니다."

"절대 그렇지가 않소. 내 장담하건데 5년 안에 지금보다 서너 배는 더 키울 자신이 있소."

"허허, 이 객주업이 그렇게 만만하게 보이십니까?"

"커흠……! 믿지 못하는 것이 당연합니다만, 그럼, 이렇게 하는 것이 어떻겠소?"

어서 말하라는 듯 미소 띤 얼굴로 박춘보가 고개를 끄덕이자 병호가 곧 입을 떼었다.

"우선 업무를 파악할 수 있도록 나에게 한 사람을 붙여주시오. 하면 그동안이라도 나에게는 많은 착상이 떠오를 것 같소. 아무튼 한동안 나를 지켜본다면 내가 상재(商材)가 있는지 없는지 알 것이고, 내 의지 또한 파악할 수 있지 않겠소?"

"그런 조건이라면 좋습니다. 그렇게 하시되, 딸아이와의 혼인은 어떻게 하시겠습니까?"

"우선 내가 영업 현황을 돌아보고……."

"그건 안 될 말씀이죠!"

'왜?'라고 병호가 눈으로 묻자 그가 곧장 답했다.

"그러고 파토를 내면 나는 어떻게 되는 겁니까? 일단 혼인(婚姻)은 하는 것으로 하되, 정 상업에 흥미가 없으시면 이 방면은 손을 떼고, 안동 권문과의 통교나 유지하는 쪽으로 해주시죠."

"정 그렇게 나오신다면 나에게도 조건이 하나 더 있소."

"말씀하시죠."

"아시는 바와 같이 어머니께서는 귀 가문이 상민(常民) 가문이라고 혼사를 결사 반대하시니 내 처지가 옹색하오. 해서 말이오만……."

"거참……! 돈으로 양반 지위를 산다는 것이 무슨 의미가 있습니까? 원래의 피가 그런 것을."

"그래도 무난한 혼사를 위해서는……."

"좋습니다. 정 그렇게 나오시면 못 할 것도 없죠. 3천 냥이면 고을 수령 지위도 사고, 돈 만 냥이면 관찰사 지위도 사는 세상인데, 족보 하나 사는 것이 뭐 대수겠습니까? 내 당장에라도 사죠."

"허허, 무리한 요구를 한 것 같아 미안하오."

"자, 그럼 대강은 결정되었으니, 일단은 우리 집으로 가시죠. 참, 조반은 드셨소?"

"아직······."

"집에 가서 또 뜨신 밥 지으려면 시간이 제법 걸릴 것이니, 우리가 운영하는 주막에 가서 한술 뜨고 가시죠."

"그럽시다."

곧 두 사람이 자리에서 일어나자 장쇠 또한 곧 두 사람의 뒤를 따랐다. 곧 일 층으로 내려간 박춘보가 소리쳐 한 사람을 불렀다.

"순겸이 게 있는가?"

"네, 저가!"

박춘보의 호출에 나타난 사람은 장쇠가 처음 인사를 나누었던 삼십 대 후반의 제법 준수하게 생긴 사내로, 이 집의 수석 차인(差人) 홍순겸(洪淳謙)이었다. 뛰어난 문재(文才)를 가졌으나, 양반가의 서자로 태어나는 바람에 큰 빛을 보지 못하고, 재물이라도 모을 양으로 상계에 투신한 인물이었다.

"날 따라 오시게."

"네, 저가!"

여기서 홍순겸이 박춘보를 부르는 호칭인 저가(邸家)는 여각 객주를 부르는 호칭으로 저점(邸店), 선주인(船主人)이라고도 했다.

간단하게 수인사를 나눈 구장복까지 합류시킨 일행 다섯은 곧 박춘보가 운영하는 바로 이웃한 주막으로 향했다. 이곳 역시 자신이 잔 곳과 다름없는 크기와 운영에 병호는 내심 실망을 금치 못했다.

어찌 되었든 주막에서 국밥 한 그릇으로 조반을 해결한 일행은 박춘보가 안내하는 대로 그의 집으로 향했다. 그의 집은 선착장에서도 남쪽으로 한참 떨어진 채운산(彩雲山) 기슭에 있었다.

박춘보의 집을 본 병호는 약간 실망했다. 세도가의 99칸은 아니더라도 대상이면 그래도 오십 칸은 족히 될 줄 알았더니, 스무 칸 남짓이었기 때문이었다. 이를 본 박춘보가 빙긋 웃으며 물었다.

"왜 실망했소?"

"솔직히 그렇습니다."

"후후후……! 상인치고 검소하지 않은 사람이 없소. 또 아무리 시대가 좋아졌다고는 하나, 신분에 어울리지 않게 크게 지을 수도 없는 노릇이고."

알겠다고 고개를 끄덕이며 병호는 박춘보가 거주하는 사랑채로 들었다.

머지않아 간단한 주안상이 나왔다. 각자가 각각 네 개의 개다리소반을 마주하고 앉자 박춘보가 스스로 자신의 잔에 술을 치며 말했다.

"자, 비록 아침이지만 간단하게 한잔씩 합시다. 참, 사위는 술을 배웠소?"

"하하하……!"

병호의 나이 이제 열두 살. 술을 접하기에는 아직 이른 나이라, 박춘보를 제외한 두 사람이 웃자, 얼굴이 벌게진 병호가 퉁명스럽게 말했다.

"사위라고 호칭하기 전에 따님부터 봅시다."

"왜 다리병신이나 벙어리일까 이제 와서 겁이 나는 것이요?"

"그렇소."

"하하하……! 원래는 남녀가 유별하니 내외하는 것이 정상이나, 이 마당에 못 뵐 것도 없지요. 자네는 가서 순영(順永)이를 좀 나오라고 이르시게."

"네, 저가!"

고개 숙여 답한 홍순겸이 밖으로 나가자 병호는 신분 때문에 함께 어울리지 못하고 밖에 있는 장쇠가 걸렸다. 그래서 병호는 급히 문을 열고 저만큼 걸어가고 있는 홍순겸에게 일렀다.

"여기 장쇠도 술 한상 봐주시오."

"알겠소."

그의 대답을 듣고 병호가 다시 자리에 앉자 박춘보가 술잔을 들어 올리며 말했다.

"자, 한 잔씩 합시다."

이에 선비 구장복이 잔을 들고 병호 또한 술잔을 들어 거침없이 한 잔을 비웠다.

그리고 이 모습을 본 두 사람이 미소를 짓는 바로 그 순간이었다.

"콜록, 콜록……!"

병호가 심하게 기침을 하기 시작했다.

급히 마셔서 그런 것인지 아니면 처음 술을 접해 그런 것인지 몰라도, 병호가 심하게 기침을 하자 두 사람이 대소를 터뜨렸다.

"하하하……!"

이런 두 사람의 모습에 병호는 기침이 멎자마자 오기라도 손수 술을 쳐 다시 한 잔을 천천히 마시니, 두 사람은 미소를 띠고 이 모습을 지켜보고 있었다. 그러다 박춘보가 시선을 구장복에게 옮기며 말했다.

"전방에서 대충 인사는 나누었으나 선비님은 사위와는 어떤 사이이신지요?"

"강경으로 오던 중 만난 사이로, 일자리를 구하기 위해 왔소이다."

"아니 양반 신분에 무슨 일을 한다는 것인지........?"

"어떤 험한 일이라도 마다하지 않을 작정이오."

구장복의 말을 들은 박춘보가 물었다.

"괜찮다면 우리 집에서 서기(書記) 일을 맡아보는 것은 어떻겠소?"

미처 구장복이 답변을 하기도 전이었다. 병호가 나서서 의문되는 사항을 물었다.

"지금 근무하고 있는 서기도 있을 것 아니오?"

"물론 그렇소이다만, 서기를 둘 두면 안 된다는 법은 없잖습니까?"

"그야 그렇습니다만……."

무언가 꺼려지는 것이 있는지 병호가 마뜩치 않은 표정을 짓자 바로 이를 눈치챈 박춘보가 그를 향해 물었다.

"왜 꺼려지는 일이라도 있소?"

"내가 썼으면 해서요."

"하하하……! 김칫국부터 마시는 것은 아닌지요?"

박춘보의 말에 병호가 은근히 화가 난 표정으로 말했다.

"내 상재를 보면 그 말이 쏙 들어가리다."

"하하하……! 제발 그렇게 되었으면 좋겠소이다. 하하하……!"

박춘보의 웃음이 채 끝나기도 전에 밖에서 헛기침 소리가 들리며 문이 열렸다. 곧 홍순겸이 들어오고 그 뒤로 장옷으로 얼굴을 가린 처녀 하나가 조심스럽게 문 안으로 발을 들여놓았다.

곧 술 한상을 받아든 장쇠가 기쁜 얼굴로 밖에서 문을 닫고, 방 안의 모든 시선은 처녀에게 쏠렸다.

그런 시선이 부담스러운지 헛기침을 한 박춘보가 딸에게 말했다.

"내 옆으로 와서 앉거라."

"네, 아버님!"

생김은 어떤지 몰라도 목소리는 청아하니 듣기에 매우 좋았다.

부친의 말에 순영이 조심스럽게 그의 곁에 앉는 동안 한시도 눈을 떼지 않고 바라보던 병호가 불쑥 말했다.

"기왕이면 얼굴도 보여주었으면 하오."

잠시 망설이던 박춘보가 딸아이에게 명했다.

"얼굴을 보여라. 하고 앞의 꼬마 선비가 장차 너의 신랑 될 재목이니, 너도 한번 봐두고."

상인으로서 온갖 풍파를 다 겪어서인지 박춘보의 하는 행동은 사대부와 달리 고루하지 않아 좋았다. 여하튼 부친의 명에 잠시 망설이던 순영이 순간적으로 장옷을 벗어 자신의 용모를 노출하고는, 차마 신랑은 바라보지도 못하고 얼른 장옷을 여몄다.

그 찰나를 병호는 놓치지 않았다. 그가 그녀를 본 첫 느낌은 화용월태는 아니더라도 '예쁘다'는 단상이었다.

"됐소?"

"네."

"이제는 사위의 상재를 볼 차례로군."

"실례지만 처자의 나이가 몇이오?"

"올해 열여섯으로 혼기가 꽉 찼소."

박춘보의 대답에 병호는 고개를 주억거리며, 몸의 주인이 기억하고 있는 이 당시의 조혼 풍습에 대해 생각이 미쳤다. 이 당시 남자는 대개 12~3세, 여자는 15~6세가 결혼 적령기였다. 그러니까 지금 두 사람 다 결혼 적령기에 접어든 셈이었다.

"이만 나가봐라."

"네, 아버님!"

부친의 명에 조심스럽게 자리에서 일어난 순영이 문을 열고 나가고 잠시 방에는 정적이 감돌았다.

그런 정적을 깬 것은 역시 노련한 상인 박춘보였다.

"자, 자, 한 잔씩 들고 앞으로의 일을 논의해 봅시다."

이렇게 해서 네 사람은 앞으로의 일에 대해 진지하게 논의를 하기 시작했다.

그 결과 당분간 병호가 자산 및 업무 파악을 하는 동안 수석차인 홍순겸이 병호를 안내하기로 했고, 임시 서기로 내정된 구장복도 동행하기로 했다.

모든 논의가 끝나자마자 시간이 곧 돈인 박춘보가 먼저 자리를 박차고 일어났고 나머지 셋도 바로 자리에서 일어나 사랑채를 나왔다.

곧 세 사람은 앞장선 박춘보를 따라 다시 전방으로 향했다. 일행보다 한 발 뒤에 쳐져 그들을 따라가던 병호가 말고삐를 잡고 함께 가고 있는 장쇠에게 작은 소리로 물었다.

"집에 식량이 거의 없지?"

"네, 도련님!"

잠시 생각에 잠겼던 병호가 장쇠에게 말했다.

"나는 그래도 체면이 있으니, 장쇠 네가 장인 영감에게 얘기해 장리로 쌀 스무 가마만 꿔달라고 부탁해. 그 정도면 가을까지 나겠지?"

"꿔요? 하고 장리쌀을 먹으면 그 이자가 얼마나 비싼지 알고나 하시는 말씀이세요?"

"물론. 쌀 한 가마를 꾸면 가을에 반 가마를 더 얹어주어야 하는 것 정도는 나도 알아."

"그렇게 비싼 이자를 물고요?"

"설마 거저 주지는 못할망정 장인 영감이 이자까지 받겠어?"

"일단 알았으니 그렇게 말해 볼게요."

"그래. 기회를 보아 나 없을 때 이야기하라고."

"알았습니다요."

이렇게 두 사람이 이런저런 이야기를 하다 보니 이각 후에는 전방에 도착할 수 있었다.

그러자 병호는 장쇠에게 이야기할 기회를 주려고 괜히 전방 밖에 서성이고, 그사이 장쇠가 박춘보에게 이야기를 했는지 그가 병호를 불렀다.

병호가 쭈뼛쭈뼛 전방 안으로 들어서자 박춘보가 물었다.

"정말 양식이 다 떨어질 정도로 곤궁한가?"

이제는 아예 하대다.

"험, 험⋯⋯!"

병호가 붉어진 얼굴로 괜한 헛기침만 하고 서 있자 박춘보가 말했다.

"내 당장 쌀 스무 가마를 마차로 실어 보낼 테니, 집안 걱정은 말고 여각 객주가 무엇을 하는 일인지 잘 파악하시게. 하고 쌀 스무 가마는 공짜야! 우리 여각을 서너 배 이상 키워준다는 사위에게, 어찌 그깟 스무 가마에 연연해 대사를 망치겠는가?"

"고맙습니다."

정중히 고개를 숙여 보인 병호가 곧 장쇠를 불러 말했다.

"너는 이제 집으로 돌아가도 좋다."

"안됩니다요. 우리 가문의 사내라고는 도련님밖에 없는데 언제, 어디까지라도 도련님을 모시고 다닐 랍니다."

"어머니가 걱정하시지 않겠어?"

"집안에는 할아버지도 계시고 점순이도 있으니 양식만 있으면 큰 걱정은 없습니다요."

"알았다. 하면 네가 곧 쌀을 싣고 가는 사람에게 괜한 걱정하지 않도록 잘 말하고 오너라."

"네, 도련님!"

곧 장쇠가 사라지고 얼마 후 두 사람이 병호 앞으로 다가왔다. 홍순겸과 구장복이었다.

"자, 그럼 시작하실까요?"

홍순겸의 말에 병호가 고개를 끄덕이고, 세 사람은 전방을 떠났다.

곧 일행은 줄지어 서 있는 창고 앞에 도착했고, 홍순겸은 그중 하나의 창고 앞으로 다가가 자물쇠를 땄다.

그 안을 들여다 본 순간 두 사람은 깜짝 놀랐다. 짚단에 쌓인 물건이 높다랗게 넓은 창고 가득 적재되어 있었기 때문이었다.

그런데 창고 안에서는 적재된 물건이 무엇인지 금방 알 수 있을 정도로 심한 냄새가 풍겨왔다.

연초 냄새였다.

병호가 놀란 가운데 물었다.

"담뱃잎을 저렇게 많이 저장합니까?"

"모든 물건이 그렇듯 수확 철에는 그 값이 아주 헐하오. 해서 그때 집중적으로 매입해, 시세가 다락같이 오를 때가 있소. 주로 수확 몇 개월 전부터 그 직전까지요. 그때 본격적으로 매입한 물건을 풀어 이윤을 극대화하는 것이, 돈 많은 여각 객주들이 하는 일이라 보면 될 겁니다."

"흐흠……!"

병호가 침음하며 고개를 끄덕이는 동안 홍순겸은 기왕 창고 문을 열었으니 담뱃잎이 변색되지 않았는지 한 동을 헐어 살펴보고 있었다. 그것이 끝나자 홍순겸은 뒤의 창고로 향하며 말했다.

"앞으로 다섯 동은 볼 것도 없소. 다 연초를 저장해 놓은 창고니까요."

"하면 다섯 동이 다 장인 영감 것입니까?"

"아니오. 저가(邸家)의 것은 두 동이고, 세 동은 저가와 거래하는 중도아들이 매입한 것을 보관해 주는 것이오."

"하면 보관료는 받겠네요."

"맞기도 하고 틀리기도 하오."

"그게 무슨 말이오?"

"일부는 보관료를 받지만 단골들은 아니오. 주막에 묵어봤으면 알겠지만 숙박비는 청구하지 않고 식대만 받지 않습니까? 하지만 그들이 받는 1냥에는 숙박비까지 포함된 것이듯, 우리 또한 위탁수수료에 창고 보관료까지 얹힌다고 보면 과히 틀린 말도 아니지요."

"그게 그거 아니요?"

"하하하……! 그런 가요?"

이렇게 이야기를 하며 걷다 보니 다섯 창고를 지나쳐 또 다른 창고에 도착했다.

이에 홍순겸이 서슴없이 창고 문을 열자 이번에는 열자마자 비린내가 확 끼쳐왔다.

"이곳부터 열다섯 동은 염장 생선이나 젓갈류를 보관하는 창고요."

이렇게 해서 계속해 창고를 둘러보니 창고에는 소금, 건어물, 쌀, 콩, 무명, 마포, 저포 등 대부분 부피가 큰 물건들이 보관되어 있었다.

그 창고가 무려 50동으로 창고에 잠긴 돈만 해도 적지 않음을 금방 알 수 있었다.

아무튼 병호는 창고를 돌아보는 동안 많은 착상이 떠올랐으나 아무 말하지 않고 홍순겸의 뒤를 따라다녔다. 그러다 보니 어느새 점심시간이 다되어 병호는 홍순겸에게 주막으로 가자고 종용했다. 그러자 홍순겸이 답했다.

"오늘이 장날이기 때문에 지금 이 시간에 가면 앉을 자리도 없을 것이오."

이에 병호가 꼬르륵 거리는 배를 움켜쥐고 합류한 장쇠를 보고 말했다.

"너 가서 떡이라도 좀 사오너라."

이 말을 들은 홍순겸이 물었다.

"그렇게 배가 고프오?"

"그렇소."

"조금만 참으시오. 상인이 되려면 인내심부터 길러야 하오. 장돌뱅이로 돌아치다 보면 하루 굶는 것은 예사고, 또한 인내심이 있어야 물건 값이 오를 때까지 진득하니 기다릴 수도 있는 것 아니오."

홍순겸의 말에 병호는 더 이상 아무 말도 못하고 그가 이끄는 대로 뒤를 따라다닐 수밖에 없었다.

"자, 이번에는 쇠전으로 가봅시다."

이렇게 해서 일행 네 사람이 간 쇠전은 처음 병호가 강경에 발을 들여놓은 내포 나루 부근에 위치해 있었다. 그곳에서 병호는 소를 담당하는 차인과 서로 상견례를 하고 쇠전을 한 바퀴 돌며 그의 강의를 들어야 했다.

어느 소가 좋은 소이며, 이문을 남기기 위해서는 비록 당장은 비쩍 말랐지만, 건강상태가 양호한 소를 사서 살을 찌우면 비싸게 팔 수 있다는 등의 소에 대한 여러 상술을 배워야 했다.

이렇게 병호는 연이어 옹기전, 포목전, 유기전 등을 돌며 그에 따른 상술에 대해 배워야 했다.

이렇게 되다 보니 어느덧 저녁 중참 무렵이 되어서야 일행은 박춘보가 운영하는 주막에서 뒤늦은 점심을 들게 되었다.

점심이라고 콩나물국밥 한 그릇을 들고나니 병호는 온몸이 나른해졌다.

이 몸의 주인이 매일 글만 읽어 체력이 약한 탓이었다. 그래도 이를 악물고 이번에는 선착장에 도착해 보니 자욱한 생선 비린내로 코를 들 수 없을 정도였다.

3~6월의 조기 성어기를 맞아 선착장은 조기로 넘쳐나고 있었던 것이다.

아무튼 이곳에서 병호는 생선을 취급하는 박춘보 예하의 차인을 소개받고 그로부터 또 어물에 대한 강의를 들어야 했다.

이들은 자신들이 소유한 선박은 물론 여러 선주에게 미리 선금을 주고 고기를 잡아오도록 주문한다는 것이었다.

이렇게 확보한 어물은 미리 선 돈을 맡긴 충청도 경기도 전라도 등 각지에서 몰려든 단골 중도아들에게 넘기고, 때로 싱싱하지 않은 해물은 염장과 젓갈을 담가 보관 내지는 판매를 한다는 것이었다.

이렇게 바쁘게 돌아치다 보니 어느덧 해가 떨어져 일행은 박춘보의 집으로 향하게 되었다.

그런데 병호에게 의문이 드는 것이 있었다. 자신이 아는 여각의 업무는 부피가 큰 물건에 한해서 거래를 하는 것으로 아는데 박춘보가 운영하는 것을 보니 그게 아니었기 때문이었다.

그래서 가는 도중 병호가 홍순겸에게 물었다.

"내가 아는 여각 업무에 비해 취급하는 물건이 너무 다양한 것 같소."

"위의 선대들은 여각 업무에 집중했으나 지금은 그 경계가 모호해져 물산객주(物産客主)나 취급 품목이 별반 다르지 않소."

"그렇군요."

그제야 이해가 간다드는 듯 고개를 끄덕이는 병호의 앞에는 어느덧 박춘보의 집이 코앞이었다.

곧 사랑채에 든 병호는 이미 와 기다리고 있던 박춘보에게 질문을 던졌다.

"내가 묵어 본 주막은 한결같이 지저분하고 좁던데 대부분의 주막이 그런 것이오?"

"열에 아홉은 그렇고 조금 낫다 싶은 곳도 별반 차이가 없으니 모두 그렇다고 해도 과언이 아니죠."

"한 가지만 더. 주막에 묵는 사람이라고 해서 모두 가난한 사람은 아니겠지요?"

"물론이오. 게 중에는 아주 부유한 중도아도 있고, 지주, 유생, 장돌뱅이 등 다양한 계층이지요."

"하면 주막을 아주 크고 고급스럽게 운영하는 것은 어떻소?"

무슨 말이냐는 듯 박춘보가 자신의 입만 주시하고 있자 병호가 바로 자신의 의견을 개진했다.

"방 한 칸에 짐승 때려 넣듯 재우는 것이 아니라, 방 한 칸에 한 명 내지는 두 명씩 재우고, 음식도 종류도 다양하게 해서 깔끔하게 내놓는 것이오. 물론 모두 유상으로 객점보다는 두서너 배 비싸게 받아야겠지요. 그래도 돈 있는 사람들은 주막에 안 자고 이런 여각(旅閣)에 묵어 갈 것 같은데요. 아니면 오래된 단골들에게도 이런 호화 여객을 제공한다면 더욱 단골이 늘어나지 않겠소?"

"흐흠……!"

잠시 생각하던 박춘보가 입을 열었다.

"한양에 가면 숙박을 전문으로 하는 보행객주(步行客主)가 있소. 하니 만약 우리가 숙박업까지 손댄다면 좀 곤란하긴 한데… 하긴 요새는 여각이나 물산객주의 경계가 허물어져 모두 취급하는 시대이니 큰 관계는 없을 것 같소만, 과연 그것이 득일지는 장담하지 못하겠소."

제3장
명기(名妓)上

"괜찮은 안 같으니 일단 여각 한 채를 지어 시험해 보고 아니다 싶으면 바로 때려치우고, 그것 자체만으로도 이문이 많이 남는다면 더욱 확대하는 것은 어떻겠습니까? 저가!"

홍순겸의 의견에 박춘보가 구장복의 의견을 구했다.

"구 선비의 의견은 어떻소?"

"내 경험 측상으로는 이문이 쏠쏠할 것 같소.

"좋소. 하면 어느 곳에 여각을 신축하지?"

"내포 가까운 천변의 밭에 신축하는 것이 어떻겠습니까?"

"좋소. 관의 허가는 서기가 받아오도록 하고, 음……! 사위는 도면이라도 그려 참고할 수 있도록 하면 고맙겠소."

병호가 알았다는 뜻으로 고개를 끄덕이는데, 문이 조심스럽게 열리며 저녁상이 들어왔다.

다음 날.

대부분 조선 사람들이 그렇듯 이들 역시 새벽같이 설쳐 여명 무렵에는 외포(外浦)에 도착해 있었다.

장날이 아닌 오늘도 포구에는 많은 선박들이 정박해 짐을 싣고 부리며 고깃배를 흥정하는 장면이 보였다. 그런데 이때 싸우는 듯한 소리가 들리며 사람들이 우르르 한곳으로 몰려갔다.

이에 병호 또한 호기심을 참지 못해 그쪽으로 향하니 홍순겸 역시 마지못해 그의 뒤를 따랐다. 그곳에는 상인 차림의 한 사내가 막 배에서 내린 듯한 상인 하나를 잡아끌며 억지를 부리고 있었다.

"어서 우리 주막으로 갑시다."

"나는 단골 주막이 있단 말이오."

"무슨 소리. 이제부터라도 사귀면 단골이 되는 것이지."

"이봐! 감사(監司) 좀 등에 업었다고 너무 깝치지 말라고. 이 사람은 우리 단골이야!"

또 하나의 상인이 나타나 강제로 상인을 끌고 가려는 상인을 제지했다. 이 모습을 본 병호가 홍순겸에게 물었다.

"왜 저러는 것이오?"

"대부분의 중도아… 하다못해 장을 떠돌며 벌어먹고 사는 장돌뱅이도 다 단골이 있게 마련인데, 저 국(鞠) 객주는 요즘 너무 날뛰는 것 같소."

"다투는 말을 들어보니 충청감사의 세를 믿고 남의 단골을 빼앗으려고 저러는 것 같은데요?"

"옳게 보았소. 저렇게 강제로 남의 단골을 빼앗아 숙박케 해 그 비용을 청구함은 물론, 때로는 강제로 거래도 성사시키려 하니 모두 눈살을 찌푸리고 있는 중이오."

이때 상황은 이상하게 전개되고 있었다. 후에 나타난 상인이 국 객주라는 자를 힘으로 떼어놓고 밀치자 화가 치민 국 객주가 소리를 질렀다.

"이봐 뭣들 하고 있어. 내가 당하고 있는 꼴 안 보여?"

그의 말에 갑자기 군중 속에서 세 명의 험상궂은 사내들이 나타나 후에 나타난 상인의 멱살을 잡아갔다. 그러자 세 명에게 당하게 생긴 상인이 소리를 지르며 반항했다.

"대명천지에 뭣들 하는 놈들이냐?"

"후후후……! 뜨거운 맛을 좀 봐야 정신을 차리겠소?"

"에이, 고을 원님은 이런 왈짜들을 안 잡아가고 뭐하고 있어."

이 모양을 본 병호가 또다시 홍순겸에게 물었다.

"저 왈짜들은 또 뭐요?"

"쉿! 향도계(香徒契)라고 아주 무서운 놈들이오. 나라 전체에 조직이 있어 갖은 행패를 부리며, 양반들도 거침없이 살해하는 놈들이니, 앞으로 저들을 만나면 조심하는 게 좋소. 이제 저들이 나섰으니 앞으로의 일은 보나마나요. 자, 갑시다. 똥이 더러워서 피하는 것이지 무서워서 피하는 것은 아니잖소."

장황하게 설명한 홍순겸이 거듭 독촉을 하자 병호 또한 마지못해 자리를 떠났다. 그러나 무언가 감을 잡은 병호는 홍순겸에게 재차 질문을 던졌다.

"저들을 검계 또는 홍동계라 부르지 않소?"

"맞소."

"저런 자들이 우리 가문에는 없소?"

"왜 없겠소? 휴……! 필요악이라고 여덟 명이나 있다오."

"뭐하는데 그렇게 많이……."

"평소에는 저들과 같이 가문의 이권을 보호하되, 만약 저가께서 타지로 출행할 시, 네 명은 저가를 호위하는 역이지요."

병호가 알겠다는 듯 고개를 끄덕이는데 홍순겸은 그들에 대해서는 더 이상 언급하기도 싫다는 듯 배로 향하자 병호도 부지런히 그의 뒤를 쫓았다.

곧 홍순겸이 준비된 듯한 제법 큰 선박에 오르자 대기하고 있던 두 명의 사공 중 좀 더 나이 많아 보이는 사공이 대표로 인사를 했다.

"어서 오르시죠. 차인 어른!"

"수고가 많네."

"신치(新峙: 오늘날의 신시도)로 가신다굽쇼?"

"그래, 거리가 머니 빨리 출발하세."

"네, 차인 어른!"

곧 두 명의 사공이 열심히 노를 젓는 가운데 제법 규모가 큰 나룻배는 깃폭을 올리며 열심히 고군산군도(古群山群島)를 향해 달리기 시작했다. 근 한 시진을 달려 금강을 빠져나오자 갯벌에는 볏짚을 꼬아 만든 새끼그물의 어구들이 널려 있었다.

이에 병호는 자신이 쓴 소설을 떠올리며 회심의 미소를 짓고 홍순겸에게 질문을 던졌다.

"저것이 주목망(柱木網)인가요?"

병호의 질문에 별것을 다 안다는 듯 모두의 눈이 동그래졌다. 홍순겸 역시 놀란 눈으로 미소 지으며 답했다.

"문망(門網) 또는 주박망(注朴網)이라고도 하는데 제법 실하게 고기가 듭니다."

"흐흠……!"

침음하며 잠시 심각한 표정으로 생각에 잠겨 있던 병호가 홍순겸에게 말했다.

"그물의 재료를 새끼가 아닌 노끈으로 바꾸고, 크기도 40파 이상으로 하면 어떻겠습니까?"

병호의 말에 잠시 생각에 잠겨 있던 홍순겸이 놀랍다는 투로 말했다.

"그래도 충분히 조작이 가능하고, 어획량이 획기적으로 늘겠습니다."

"하하하……! 그렇죠?"

"저가에게 건의해 한번 그 방법을 시험해 봐야겠습니다."

"충분히 가능할 거예요."

'구한말이나 일제 강점기에도 그 방법으로 많은 물고기를 잡았거든요.'

이 소리는 차마 못하고 병호는 회심의 미소를 짓는 것으로 말을 끝냈다. 여기서 병호가 말한 40파의 길이를 미터법으로 환산하면 60m가 조금 넘는다.

1파(把)의 길이는 1.561m다. 아무튼 이들이 말하는 주목망 어법은 긴 원추형의 낭망(囊網) 또는 대망(袋網)을 지주와 닻으로 고정시켜, 조류를 따라 내왕하는 어류가 어망 속에 들어오는 것을 기다려 잡는 재래식 기법으로, 주로 자연 조건이 이에 가장 적합한 서해안에서 발달하였다.

아무튼 새끼줄이 아닌 노끈 즉 칡넝쿨을 삶아 만든 질긴 끈으로 촘촘히 그물을 엮는다면, 보다 큰 대형 그물을 만들 수 있으므로 충분히 가능한 어망 기법이었다. 실제로 일제 강점기에는 이 방법으로 서해안에 풍부한 조기 숭어 등을 많이 잡아들였다.

아무튼 이들이 이런 이야기를 나누는 사이 배는 좀 더 전진해 연안을 달리고 있었다. 이때 고기를 잡는 어부들의 모습을 보니 예상대로 중선망(中船網) 어법이었다. 이에 병호는 이를 안강망(鮟鱇網)으로 바꾸도록 홍순겸에게 조언을 했다.

중선망 어법은 원추형의 긴 자루와 같이 생긴 어망 2통(統)을 어선의 양 현(舷)측에 달고 어장에 이르러 닻으로 어선을 고정시키고 조류를 따라 내왕하는 어류가 어망 속으로 들어가는 것을 기다려 어획하는 방법이다.

이에 반해 안강망은 원추형의 기다란 낭망(囊網)을 사용하는 점은 중선망과 같으나, 중선망은 어망을 어선에 달고 다니는 데 반하여, 안강망은 어선이 어장에 이르러 닻을 내리고 어망을 해저에 설치하는 것이 달랐다.

아무튼 이들이 좀 더 달려 연해를 벗어나자 고기 잡는 배를 전혀 볼 수 없었다. 그만큼 이 시대의 고기잡이용 어망도 선박도 모두 낙후된 까닭이었다. 이에 병호는 생각을 조금만 달리하면 이 시대에도 연해를 벗어나서도 얼마든지 조업이 가능한 망선망(網船網) 어구 어법을 권유하기도 했다.

이 조업은 망선(網船)과 종선(從船) 2척의 어선이 동원되어야 했다. 어부 12명이 승선한 망선은 해안에서 상당히 멀리 떨어진 연안까지 출어하여 어군을 포위하고 어망의 양쪽 끝에서부터 끌어올려 어류가 대형 어망에 들어간 것을 잡아 올렸다.

이러한 작업을 하는 동안에 종선은 펼쳐진 어망이 정상적인 형태를 유지하도록 돌보았다. 그리고 종선은 어획물의 적재나 어군 탐색의 구실도 담당하였다. 아무튼 이러는 동안 배는 계속 망망대해 진입했고, 파도가 더욱 거칠어지며 병호와 구장복은 물론 장쇠까지 끝내 멀미를 참지 못하고 먹은 것을 전부 게워내기 시작했다.

이렇게 세 사람이 뱃멀미로 축 늘어진 가운데 일행을 태운 배는 계속 서진하여 마침내 고군산군도에서도 가장 큰 섬인 신치도에 이르렀다. 이때는 벌써 거리가 거리인 만큼 저녁 무렵이 다 되어 있었다.

곧 남쪽 해안에 정박을 하려는데, 그사이 십 리는 들어간 듯한 병호의 눈에 이상한 것이 발견되었다. 활처럼 굽은 형태의 울타리를 따라 세운 지주에 싸리나무로 만든 발이 쳐져 있었고, 그 중앙 및 좌우 양쪽 날개에는 각각 각 1개소의 함정 부분(그물)이 설치되어 있는 괴상한 모습의 물고기 잡는 방법이었다.

그런데 그 규모가 5~600파에 이를 정도로 대규모라 병호가 억지로 일어나 앉으며 놀란 표정으로 홍순겸에게 물었다.

"규모가 상당히 큰데 저게 뭡니까?"

"어살 또는 어전(漁箭)이라고 하는데, 홍(澒) 또는 어홍이라고 부르기도 하오."

"주로 무슨 고기가 잡힙니까?"

"조기나 청어요."

"이 어살도 장인 것입니까?"

"그렇소. 원래는 월성위궁(月城尉宮)의 것이었으나 관리하기 어렵다고 하여 우리가 시세보다 비싼 값을 주고 사들인 것이오."

"월성위라면 당대의 유력 가문(閥閱)의 하나인 경주(慶州) 김문(金門) 아니오?"

"그렇소이다."

"허허, 이런 곳까지 권문세가의 탐심이 뻗쳤을 줄이야. 가만. 혹시 월성위 당대 가주가 추사(秋史) 아니오?"

"그렇소이다."

그의 대답에 내심 계획되는 것이 있어 병호가 고개를 끄덕이는데 홍순겸이 말했다.

"이 황금 어장이 월성위궁 소유였다는 것이 그렇게 이상

하오? 허허……! 그것은 약과요. 조선의 쓸 만한 어전이나 염분(鹽分: 소금가마), 산림천택(山林川澤) 등은 대부분 궁방(宮房) 소유이거나 권문세가의 것인 것이 많소."

어전 어장은 경제적 가치가 컸으므로 고려시대에 이미 토지와 마찬가지로 권문세가의 점탈대상이 되었으니 작금은 말할 것도 없었다.

"허허, 거참……!"

탄식하며 주변을 돌아보던 병호의 머리에 순간적으로 떠오르는 것이 있어 홍순겸에게 물었다.

"소금 자체 거래 말고도 염장이나 젓갈을 많이 생산하려면 대규모 소금이 필요하겠소."

"물론이지요. 그래서 우리는 줄포 염분 등 굵직한 몇 곳과 계약을 맺어 아예 선 돈을 주고 들여오고 있소."

고개를 끄덕이며 주변을 다시 한 번 세밀히 살피던 병호가 홍순겸에게 물었다.

"혹시 줄포 염분도 가 볼 수 있소?"

"못 가볼 것이야 없지만 거리가 좀 있으니 준비를 한 후에 가지요."

"기왕 가는 길에 소금이라도 실어오게요?"

"그렇습니다."

"좋소. 그렇게 하기로 하고 음……! 이곳에 염전을 조성하는 것은 어떻습니까?"

"무슨 말이오? 염분은 함부로 조성할 수 없는 것이오. 다나라의 허락이 있어야지."

"맞는 말이오만, 내 말은 자염(煮鹽)이 아닌 다른 방법을 말하는 것이오."

"또 다른 방법으로도 생산이 가능하단 말이오?"

"물론이오."

"무슨 당치도 않은 소릴!"

"하하하……!"

대소를 터뜨린 병호가 웃으며 입을 열었다.

"내가 생각하는 제염법은 천연의 햇빛과 바람을 이용하는 것으로, 이 방법을 사용하면 자염보다 최소 서너 배의 소출을 얻을 수 있소."

병호의 말에 홍순겸의 눈이 커질 대로 커져 물었다.

"정말이오?"

"물론이오."

"에이, 그런 방법이 있다면 진즉 조상님들부터 사용했겠지……."

"밑천은 좀 들여야 하오."

"밑천 안 드는 장사야 없지만 정말 가능한 것이오?"

"에헴……!"

여기서는 좀 거드름을 피울 때라 생각한 병호는 수염도 나지 않은 턱을 쓸며 좀 뜸을 들였다가 입을 떼었다.

"염전(鹽田)이라고 해서 이 방법도 바닷물을 증발시키기 위한 밭이 필요하오. 그 외에도 제대로 염전을 만들려면 1차로는 제방 공사를 해 바닷물이 염전으로 들어오는 것을 막아야 하며, 바닷물을 가둬둘 저수지도 필요하오. 하여튼 이런 부대시설을 갖추면 정말 솥으로 끓여 생산하는 방법보다 서너 배의 소금을 생산할 수 있으니, 소금 단가를 획기적으로 낮출 수 있소. 그렇게 되면 조선의 돈을 전부 끌어 모으는 것도 손바닥 뒤집기보다 쉬운 일일 것이오."

"정말 그렇게 해 소금을 대량으로 얻을 수 있다면 당장에라도 만듭시다."

홍순겸이 서두르자 병호는 잠시 더 뜸을 들여 그를 더욱 애태운 후 주변을 둘러보며 말했다.

"내가 말한 방법으로 소금을 생산한다면 한 가지 우려스러운 점이 있소."

"누구나 소금 생산 현장을 보면 그대로 따라 할까봐 그러는 것이오?"

모처럼 끼어드는 구장복을 향해 병호는 엄지손가락까지 치켜들며 그를 칭찬했다.

"역시 먹물 많이 먹은 선비가 다르긴 다르군요. 확실히 이해가 빠르오."

병호의 말에 잠시 미간을 좁혔던 홍순겸이 혼잣말처럼 중얼거렸다.

"이곳은 나라에서도 알아주는 황금 어장으로 부근에는 출어하는 선박이 많으니 안 되고, 하면 어디 무인도가 좋은데 그런 섬이 있을 라나?"

이를 받아 병호가 말했다.

"이곳이 강경포구와 거리상으로는 가까워 운송의 이점은 있으나 비밀유지가 어렵다면 곤란하지요. 내 생각으로는 저 전라도 남쪽 무수히 흩어져 있는 섬들 중에는 우리의 욕구를 충족시킬 만한 섬이 어디엔가는 있지 않겠소? 비록 운송비용이 들겠지만, 우리가 대대적인 제염권을 획득하기 전에는 비밀을 고수하는 것이 절대적인 명제니 말이죠."

"허허, 거참……!"

병호의 말에 홍순겸 이하 모두 각자의 생각 속으로 빠져드는데, 병호가 시간을 절약하기 위해 말했다.

"그 문제는 천천히 생각하기로 하고 우선 줄포 염분부터 가봅시다."

병호가 조선의 기본 소금생산 방식을 보고 싶은 마음에 재촉하자 홍순겸이 잠깐의 생각 후에 말했다.

"원래 내 계획으로는 기왕 줄포로 가는 것, 본가로 돌아가 여러 척을 배를 동원해 소금을 싣고 오려 했으나, 저가(邸家) 험, 험, 사위님의 말을 듣고 나니 한시라도 그런 섬을 찾아내 시험해 보고 싶은 일념뿐이오. 따라서 내일 바로 이곳에서 출발해 줄포로 가는 것으로 합시다."

홍순겸의 말 가운데 무심결에 '저가'라는 등 자신을 어느 정도 인정하는 발언이 나왔으나, 병호는 모르는 척 그의 말 가운데 알고 싶은 것이 있어 물었다.

"장인이 소유하고 있는 선박은 몇 척이나 되오?"

이에 홍순겸이 수염을 쓸며 자랑스러운 듯 말했다.

"방귀깨나 뀐다는 강경 객주들이 대개 10척 내외를 소유하고 있으나, 우리는 가문은 20척을 소유하고 있소. 험, 험……!"

"역시 강경 제일 객주는 뭐가 달라도 다르군요."

"어험, 물론이죠."

뻐기는 홍순겸 때문에 병호는 내심 웃음이 나왔으나 모른 체 하고 물었다.

"머지않아 해가 떨어질 것 같은데 이곳에 우리가 묶을 곳은 있소?"

"물론이죠. 수시로 우리 선박이 왕래를 하고 어장에 종사하는 어부들의 숙소까지, 저 위 지풍금에 가면 여러 채가 있소."

"다 토해냈더니 배도 고프고 어서 갑시다."

"하하하……!"

병호의 말에 홍순겸이 대소를 터뜨리며 앞장을 섰다.

                *   *   *

　병호 일행은 이튿날 새벽부터 출항하여 다다음 날 아침 새참 무렵에는 줄포 만에 도착할 수 있었다. 일행이 훗날 곰소만이라는 지역에 도착하니 우선 눈에 띄는 것은 끝이 보이지 않을 정도의 넓은 갯벌이었다.

　이에 병호는 '자염도 이렇게 넓은 갯벌이 필요한가?' 생각하며 시선을 돌려 본격적인 소금을 생산하는 곳을 바라보았다. 그곳에는 대략 6파(9m) 둘레의 큰 솥이 수십 개나 걸려 있었고, 그 솥 위에는 세 개의 굵은 기둥에 매달린 진흙이 든 거름용 체와 그를 받는 통이 있었다.

　그리고 그 밑에서는 땀받이용 끈을 질끈 동여맨 2명의 염한이 열심히 일을 하고 있었다.

　한 명은 땔감을 넣어서 열심히 불을 때고 있었고, 나머지 한 명은 가마에 열기가 골고루 닿을 수 있도록 저어주고 있었다.

　말없이 이를 지켜보고 있다 다시 갯벌 쪽으로 시선을 돌리니 멀리서 수많은 염한과 아낙이 물지게와 동이를 이고 와 갯

벌에 붓는 것이 보였다. 그중 일부는 거름통까지 가지고 와 그곳에 붓는 것도 목격되었다,

이를 보고 대충 자염법을 알게 된 병호가 궁금한 것을 홍순겸에게 물었다.

"자염을 만드는데 왜 이렇게 넓은 갯벌이 필요한 것이오?"

"하하하……! 그거야 저 갯벌에 많은 소금기를 저장하기 위해서지요."

이렇게 운을 뗀 그의 설명이 계속되었다.

"우리가 보는 있는 이 방법을 전오제염법(煎熬製鹽法)이라 하는데, 해수면이 가장 낮은 조금 때를 이용하여 갯벌을 써레로 갈고, 다시 바닷물을 뿌리고 써레로 가는 작업을 몇 차례 반복하여 소금기 많은 개흙을 얻소. 그렇게 해서 긁어모은 개흙을 저 섯등(鹽井) 위에 올린 다음 거르는 것이오. 그 다음을 보다시피 큰 가마솥에 넣고 조리는 것이고, 또 바닷물을 직접 솥에 넣고 끓이는 해수직자법(海水直煮法)이라는 것이 있는데, 이는 갯벌이 거의 없는 함경도 일부 지방에서나 하는 방법이라오."

"이렇게 하면 솥 하나에 얼마만큼의 소금을 얻을 수 있소?"

"저 큰 가마 하나에 대략 하루 한 가마의 소금이 생산되오. 그러나 남을 것이 별로 없소. 저 가마 하나에 동원되는 인원

만도 5명 이상이나 되어야 하니, 여기에 땔감의 벌목과 운반을 감안하면, 총 생산비의 2/3 이상이 그것으로 빠져나가오. 이러니 자염이 비쌀 수밖에 없지 않겠소?"

"그렇군요."

그의 설명은 여기서 그치지 않았다.

"다행히 이곳은 이렇게 드넓은 갯벌 외에도 주변에 쌍선봉, 경수산, 옥녀봉 등 100장에서 140장에 이르는 높은 산지가 발달해 있어 연료 조달이 비교적 쉬운 편이라 이곳에 이런 벌막(製鹽場)이 조성된 것이오."

그가 설명을 하는 동안에도 병호는 새삼 주변을 둘러보며 이곳을 염전으로 개발하면 좋겠다는 생각을 했지만, 이곳 역시 비밀 유지가 어려울 것 같아 포기하고 말했다.

"소금 만드는 현장을 보고 자염이 비싼 원인까지 알게 되니 내가 말하는 천일염을 생산해야겠다는 생각이 더욱 간절해졌소. 그러니 서둘러 염전을 조성할 만한 곳을 찾아봅시다. 혹시 지금도 공도(空島) 정책이 유지되고 있소?"

"웬걸요, 작금에는 유명무실해져 웬만한 섬에는 사람 살지 않는 곳이 없소이다."

"정 그렇다면 목포 앞 바다에 무수히 떠 있는 섬으로 가봅시다."

"그러시죠."

이렇게 해서 일행은 전라도 목포로 내려가 그 앞에 떠있는 많은 섬을 열흘이나 뒤지고 다녔다. 그러나 결과적으로 이들은 실망만 하고 말았다.

압해도, 자은도, 장산도 등에는 나라에서 설치한 국마장(國馬場)이 설치되어 있는 것은 물론, 지도와 임자도에는 진(鎭)마저 설치되어 있었다. 뿐만 아니었다. 내수사, 사복시, 각 아문, 각궁방의 토지 쟁탈전이 계속되어, 섬들 대부분 지역이 이들에게 분할 소유되어 있어 시간 낭비만 한 셈이 되었다.

이에 일행은 어쩔 수 없이 목포로 철수하여 가문의 소유인 신치도 갯벌을 이용해 천일염을 생산하되, 오랫동안 비밀 유지가 어려운 점을 감안하여 빠른 시일 내에 제염권을 획득하는 방안을 강구하기로 했다.

이런 결정 후 병호가 가만히 생각해 보니 염전 조성의 경비를 줄이고 바닷물이 땅으로 스며드는 것을 방지하려면 자기 파편이 필요하다는 생각이 들었다. 물론 바닥에 깔 장판이 있으면 좋으나, 이 시대에 그런 것이 있을 턱이 없으므로 홍순겸에게 물었다.

"이 부근에 도자기 생산지가 있소?"

"물론이지요. 강진이나 고흥에 있소이다."

"그럼 가까운 강진으로 갑시다."

"그러지요."

이렇게 해서 일행은 다시 강진을 향해 출발하게 되었다.

다다음 날 점심 무렵 일행은 옹기의 산지로 유명한 칠량(七良)도요지에 이르렀다.

이곳에서 병호는 옹기 파편을 쓸 요량으로 주변을 둘러보았으나 그 파편이라는 것이 깨진 면이 제각각이고 날카로운 것이 많아, 자칫하면 발을 다칠 수 있다는 생각에 생각을 달리했다.

그래서 그가 주문한 것은 전생의 타일(tile) 형태인 판상재(板狀材)였다.

즉 가로 세로 각각 한 자씩 즉 각각 30cm에, 두께는 세 치(15mm)로 타일의 두께에 비하면 세 배의 두께였다. 깨질 것을 우려해 일부러 두껍게 만들어 달라한 것이다.

일단 1만 장을 주문하고 필요하면 더 주문하기로 하고 계약금으로 100냥짜리 어음 한 장을 끊어주었다.

그런데 이들의 주문은 이들은 모르고 있었지만 아주 탁월한 선택이었다.

제4장

명기(名妓)下

다른 곳과 달리 칠량옹기(七良甕器)는 표면에 광명단을 바르지 않고 흙과 재를 섞어 만든 자연 잿물을 발라 만들어왔다. 그래서 칠량옹기에는 사람 몸에 해로운 납 성분이 들어 있지 않고, 또 그 안에 음식물을 담아놓으면 맛이 변하지 않는다고 한다.

맛이야 그렇지만 사람이 먹는 소금을 만드는 과정에서 납이 들어 있지 않아야 한다는 것이 중요했다. 아무튼 이렇게 일박을 하고 다음 날 다시 칠량만을 빠져나가던 병호의 눈에 이상한 장면이 목격되었다.

연안에서 고기를 잡던 어부들이 대량으로 걸린 멸치 즉 이 당시에는 멸치를 멸아(鱴兒) 한자어로는 추어(鯫魚)라 부른 놈을 그냥 다 바다에 버리는 것이었다. 이에 이상한 생각이 든 병호가 홍순겸에게 물었다.

　"아니 아깝게 기껏 잡은 멸치를 왜 다 버리오?"

　"아, 저 멸아 말씀입니까?"

　"멸아인지 멸치인지 힘들여 잡은 것을 너무 아깝지 않소?"

　"멸아도 정어리처럼 장람(瘴嵐: 독기를 품는 산과 바다의 기운)이 변하여 생긴 것으로 생각하여, 모든 사람들의 인식이 좋지 않은 데다, 저렇게 많이 잡히기 시작한 것은 불과 십 년 남짓입니다. 해서 동해 일부에서는 저놈을 모래톱에 말려 팔기도 하고, 미처 우천으로 인해 썩은 것들은 거름으로 사용하기도 합니다만, 인기 없는 생선이다 보니 값도 헐한 관계로, 대부분 저렇게 품값도 안 나온다고 잡는 족족 버립니다."

　"허허, 그래요? 내 생각에는 저 멸아라는 놈이 덩치는 작아도 회로 먹을 수도 있고, 구워 먹을 수도 있고, 말려먹을 수도 있고, 기름을 짤 뿐만 아니라, 비료용으로도 쓸 수 있으니, 헐하게 매입할 수 있으면 대량으로 매입해, 일부는 건조해 팔고 일부는 젓갈을 담근다든가, 비료로 판매하면 어떻겠소?"

"백성들의 인식이 좋지 않으니 아직은······."

고개를 흔드는 홍순겸을 향해 병호가 말했다.

"좋소. 하면 이렇게 한번 해봅시다. 즉 건멸아와 마른 다시마를 넣고 함께 갈아 겉으로 봐서는 멸아가 들어간 것을 모르게 하고, 이를 다시마 가루라고 봉지에 담아 판매하는 것이오. 물론 그전에 이것을 국에 넣어 끓여먹어 보고 맛이 좋다는 것이 증명되는 것이 선결 과제겠지만, 내가 생각하기에는 틀림없이 맛이 좋을 것이고, 감칠맛을 낼 것이 별로 없는 조선 백성들에게 큰 환영을 받을 것이오. 그렇게 되면 멸아금이 다락같이 올라 큰 재미를 못 볼 것이니, 그 안에 다량으로 건 멸아와 건다시마를 생산해 놓되, 이것까지 우리 가문에서 손대기에는 일이 너무 많으니 납품을 받는 것이 어떻겠소?"

"어디서 이런 착상이 떠오르는지 실로 상재 하나는 타고난 것 같습니다. 일단 시험 삼아 맛을 평가한 후에 맛이 있으면 그렇게 대량생산해 판매하는 것으로 해보죠."

"좋소이다."

이렇게 또 하나의 상품을 개발한 병호와 그 일행은 가문으로 돌아가기 위해 날로 북상을 서둘렀다. 그런 이들이 목포에 도착하자, 해가 얼마 남지 않아 일행 모두는 포구의 한 주막으로 향했다.

곧 주막에 도착한 일행은 우선 민생고를 해결하기 위해 국밥을 시켜놓고 평상에 앉아 기다렸다.

그런데 평상에는 이미 두 명이 자리를 잡고 앉아 막걸리를 마시며 한담을 나누고 있었다. 둘 다 한량 같이 보이는 자들이었다.

"이번에 나주(羅州)를 놀러갔는데 정말 소문대로 '지홍(只洪)'이라는 기생이 명불허전이드만."

"정말 그렇게 예쁘던가?"

"경국지색이라는 말이 그녀 때문에 생긴 듯, 정말 선녀가 따로 없고 화용월태였어."

"허허, 거참! 그렇게 예쁘다니 언제 나도 한번 가봐야겠군."

"가서 보면 절대 후회하지 않을 것일세."

두 사람의 대화에 문득 생각나는 것이 있어 병호가 끼어들었다.

"혹시 그 지홍이라는 기생의 성이 양(梁) 씨(氏) 아니오?"

"맞소, 꼬마 선비도 어디서 그런 풍문은 들은 모양이오. 하하하……!"

아직 어리다고 비웃는 듯한 두 사람의 대소에 병호는 내심 뿔이 났으나 전혀 내색치 않고 다시 한 번 물었다.

"정말 그 기생이 그렇게 예쁘오?"

"두 말 하면 잔소리. 그 기생 때문에 상사병이 걸려 앓아눕는 자들이 한둘이 아니니, 꼬마 선비는 절대 가보지 않는 게 좋겠소. 하하하……!"

두 사람의 대화에 더욱 뿔이 난 병호는 더 이상 둘을 상대치 않고 돌아앉아 마침 나온 국밥을 먹으며 생각에 잠겼다. 실학자 이서구(李書九)가 전라감사로 재직 중이었던 약 20년 전의 일이었다.

천문지리에도 밝은 이서구가 어느 날 점을 쳤는데 나주 삼영리가 예사롭지 않았다. 그래서 그는 아랫사람을 시켜 혹시 거기 막 새로 출생한 아이가 있는지 알아보도록 했다.

그러고 그 혼자 중얼거렸다.

"사내아이가 태어났다면 나라를 결딴낼 만하고, 계집이라면 세상을 시끄럽게 하겠구나!"

하여튼 이서구의 명에 의해 나주로 달려가 알아보고 온 아전이 그에게 고했다.

"홍어요리 주막을 하는 양씨 집에 여아 하나가 태어났습니다."

"그래? 남자가 아니라서 다행이로구나. 만약 새로 태어난 놈이 사내아이였다면 벨 예정이었으니 말이다."

이렇게 말한 이서구는 다시 아전을 보내 새로 태어난 계집아이가 홍어집을 벗어나지 못하도록 전하고, '오직 홍어'라는 뜻으로 '지홍(只洪)'이란 이름까지 지어 보냈다.

그런 지홍이 어떻게 된 연유인지 지금은 전라도 유명한 기생(名妓)이 되어 세인들의 되어 입에 오르내리고 있으니 알 수 없는 일이었다. 그러나 병호는 이 일화를 알고 있듯, 그녀의 미래까지 꿰고 있는 그였기에 곧 결심했다. 그녀를 사기로.

여불위가 자초(子楚)를 재물로 샀듯 천하의 귀물(貴物)은 일단 손에 넣고 볼 일이었다. 그러나 이를 모르는 홍순겸은 다음날 병호가 그 기생을 만나겠다고 나주행을 고집하자 펄쩍 뛰었다.

"아니, 아직 혼례도 치르지 않은 양반이 새벽 댓바람부터 무슨 기생 타령이오?"

"아니 내가 무슨 색한도 아니고 장사의 근본도 모르오? 장사의 근본을 아는 장사치라면 기화가거(奇貨可居)라고, 진기(珍奇)한 물건(物件)은 사서 잘 보관해 두면 장차 큰 이득을 볼 것이니 일단 손에 넣고 봅시다."

"허허, 그것을 모르는 바는 아니나 아직 혼례도 치르지 않은 양반이 첩부터 들일까봐 걱정 아니오? 아니 계집애 빠질까봐 걱정 하는 것이죠."

"내 다짐하건데 절대 그런 일은 없을 것이니, 그런 걱정은 붙들어 매시고 일단 가보기나 합시다."

"허허, 거참!"

한동안 난감한 표정을 짓던 홍순겸이었으나 계속되는 병호의 강요에 어쩔 수 없이 나주행을 택하지 않을 수 없었다.

이날 저녁 나주에 도착한 일행은 양지홍이 있다는 기생집까지 찾는 데는 성공했으나, 워낙 그녀를 만나려는 예약 손님이 많아 그곳에서 사흘을 머무른 후에야, 간신히 병호는 그녀와 단둘이 기방에서 마주할 수 있었다.

대 황초 불빛 은은한 가운데 주안상을 가운데 두고 마주 앉은 두 사람 사이에는 한동안 적막이 감돌았다. 서로를 탐색하는 시간이었다.

병호로서는 목포 한량의 말대로 꽃과 달도 부끄러워 숨을 만한 그녀의 미모에 넋이 나가 그러했고, 지홍은 지홍대로 처음 맞은 어린 손님을 호기심에 가득 차 요모조모 뜯어보느라 생긴 자연스러운 현상이었다.

아무튼 다 살폈는지 먼저 정적을 깬 것은 역시 천하의 노련한 명기 양지홍이었다.

"호호호! 천녀를 찾는 선비들이 많사오나 도련님이 같이 어린 분은 처음이옵니다. 실례되는 말씀이오나 혹시 몽정(夢精)은 하셨는지요?"

대담한 그녀의 말에 얼굴이 붉어진 채 한동안 헛기침만 하던 병호가 화가 난 목소리로 그녀를 똑바로 바라보며 말했다.

"내가 몽정을 했는지 안 했는지가 중요한 것이 아니라, 내 지금 당장에라도 너를 네 발로 기어가게 만들 수 있으니, 어리다고 함부로 판단치 말라."

"호호호! 천녀 절대로 몸은 허용치 않으나, 그런 말씀을 듣고 보니 과연 흰소리인지 아닌지 호기심이 생기는 것은 사실이군요."

"설마 처녀는 아니겠지?"

"홍! 천녀를 너무 얕잡아보시는군요. 비록 머리는 없었지만 처녀라면 믿으시겠어요?"

여기서 지홍이 말한 머리를 얹는다는 말은 전문용어로 '화초 머리 올리기'라고 하여 일종의 기생 성인식을 말하는 것이다.

교육을 마친 기생이 '첫 손님'을 받은 뒤 화초 머리라는 가채(가발)를 머리에 얹는 것으로, 이는 일반 민가의 혼인과도 같은 의미를 지니고 있었다. 화초 머리를 올려줄 사람이 가채를 얹어 기혼자의 머리를 만들어 주는 것이다.

이 때문에 첫 손님의 자격 또한 상당히 중요했다. 상당히 명망 있고 직위도 높은 인물이어야 했으며, 비용도 많이 필요했다. 화초를 올려주는 사람이 기생의 집과 가채 등의 장신구, 세간 살이 등을 모조리 대줬는데, 이 사람이 가난하여 이를 제대로 대주지 못하면 그 기생의 앞날도 그리 밝지는 않았다고 한다.

여러 증언이나 기록에 따르면 이 때에 첫날밤을 치르는 경우도, 치르지 않는 경우도 있었다고 하니, 화초 올려주는 사람의 성향에 따라 달랐던 모양이다. 기생은 원래 매춘이 금지되었는데 후기로 갈수록 매춘 유무에 따라 계급이 분화되었다는 점과, 삼패(창녀)가 아닌 이상 기생도 평범하게 결혼할 수 있었다는 점을 생각하면, 화초를 올려준다 하여 꼭 첫날밤을 치르라는 법은 없는 것이다.

이런 여러 가지를 생각하면 지홍이 아직 처녀일 가능성도 그녀의 말대로 있는 것이다. 아무튼 그녀의 말에 내심 놀란 병호가 진지한 얼굴이 되어 그녀에게 물었다.

"내 네가 마음에 들어 기적(妓籍)에서 파주려 한다. 얼마면 되겠느냐?"

"호호호! 돈만 많다고 천녀를 살 수 있는 것이 아니옵고, 이는 나를 길러준 수양모와 상의를 해야 하는 일이니 독단하기 어렵사옵니다."

"만약 수양모가 동의한다면 너는 흔쾌히 응하겠느냐?"

"천하에 기생질하기 좋아하는 여인은 없사옵니다. 다 어쩔수 없는 사정 때문에 하는 것이지."

"알겠다."

제대로 술 한 잔 마시지 않고 바로 방에서 나온 병호는 그 길로 곧장 홍순겸을 데리고 기생 어미를 찾아갔다. 그리고 그녀와 지홍의 값을 흥정한 결과 무려 일천 냥을 주고 그녀를 사는데 성공했다.

천 냥을 쌀로 환산하면 자그마치 200가마 값이었다. 물론 그해의 흉풍과 보릿고개냐 아니냐에 따라 쌀의 시세가 달랐지만, 평균 쌀 한 가마의 값은 5냥이었다.

아무튼 이와 그녀를 산 것 그녀의 신분을 확실히 하기 위해 나주 관아까지 들려 뇌물을 주고 그녀의 기적 정리까지 마친 일행은 그 길로 바로 그녀를 데리고 강경으로 향했다.

*　　　　*　　　　*

강경으로 돌아온 병호는 눈코 뜰 새 없이 바쁜 나날을 보내야 했다. 그런 그가 제일 먼저 행한 일은 어처구니없게도 약혼식이었다. 홍순겸이 전하는 많은 기발한 착상을 들은 박춘보는 병호의 상재를 높이 평가해 당장 그를 얽어매려 했다.

특히 천일염전이 현실화되고 그 제염권을 단독으로 확보하거나 최소 대단위 염전을 조성할 수 있다면, 자신이 조선 상계의 거두가 되는 것은 시간문제라 판단한 박춘보는 애가 달아 순영과의 혼인을 서둘렀다.

물론 여기에 양지홍을 데리고 간 것이 박춘보의 의심을 산 것도 한 몫했다. 박춘보가 서둘러 두 사람의 혼례를 올리려는 것을 병호가 사정사정하여 겨우 약혼식을 거행하는 것으로 둘의 관계를 확실히 했다.

이후 병호는 그동안 허가를 득해 놓은 강경 천 부근 박춘보의 밭에 여각을 짓는 것을 수시로 감독해야 했다. 병호가 설계한 여각의 규모는 한 칸 규모의 방 30개를 들여 각각 한두 사람만을 받도록 했고, 두 칸짜리 방도 10개를 들여 보다 넓은 방을 원하는 사람을 받도록 했다.

이 외에 단독 별채 네 동을 들여 많은 여행객을 대동한 사람은 이곳에 머물 수 있게 했으며, 또한 부속 시설로는 각각 다섯 채의 마구간과 외양간, 화장실 그리고 간이 욕실을 지어 이용자들이 불편함이 없도록 했다.

그런 가운데 병호가 주문한 새끼가 아닌 대형 노끈 주목망을 만들기 위해 수많은 남녀가 고용되어 이를 만들기 시작했다. 그런 와중에 병호는 수시로 신치도에 들러 염전이 조성되는 상황도 감독해야 했으니, 몸이 열 개라도 배겨내기 어려운 강행군의 연속이었다.

이렇게 6개월의 세월이 흐르니 많은 변화가 생겨났다. 우선 다섯 동의 창고에 건 멸치와 말린 다시마가 입고(入庫)되어, '다시다'라는 1근 정량인 봉지 조미료의 원조가 탄생했다.

물론 그전에 건 멸치와 마른 다시마를 넣고 끓인 물 즉 육수의 맛이 대부분 사람들의 입맛에 맞고 호평을 받은 까닭에 정식으로 두 해물을 빻은 봉지 조미료가 탄생될 수 있었던 것이다.

물론 이것이 초창기라 널리 인구에 회자되지 않는 까닭에 아직은 팔려 나가는 양이 얼마 되지 않지만, 훗날에는 대규모 사업이 되리라 가문에서는 확신하고 있었다.

또 신축된 여각도 아직은 손님이 반밖에 들지 않지만 한 번 이용해본 사람은 누구나 다시 찾으니, 조만간 빈방이 없음을 걱정할 것이라는 것을 누구도 믿어 의심치 않았다.

게다가 빈방은 그냥 놀리지 않고 단골손님에게 최소한의 경비만 받고 거의 무상으로 묵게 하니, 기존 다른 객주의 단골이었던 자들도 은근 슬쩍 묵어가며 단골이 하나둘 늘어가는 추세였다.

또 갯벌에는 노끈으로 짠 대형 주목망이 곳곳에 설치되었는데, 이 과정에서 그물이 커진 관계로 그물을 붙들어 맬 지주(支柱) 또한 6장 내지 7장(18~21m)까지 높이는 시행착오도 겪어야 했다. 하지만 끝내는 성공을 거두어 지금은 많은 고기를 포획하고 있었다.

또 안강망은 우리나라 재래식 어망인 중선망(中船網)과 어법이 유사한 관계로, 박춘보에게 고용된 어부들도 쉽게 익혀, 한창 성어기인 조기어업에 바로 사용되기 시작했다. 그 결과 어법이 우리나라 재래식 어망에 비하여 능률적이며 고기도 많이 잡혔으므로, 휘하 어민들은 모두 이 어법을 채택하게 되었다.

더구나 이 어법이 서해안의 자연적 조건에 적합하고, 구조가 간단하여 취급이 간편할 뿐만 아니라, 중선망을 사용하고 있던 어민들이 그 기술을 쉽게 소화할 수 있어, 바로 보급된 한 요인이었다.

또 망선망의 채택으로 보다 멀리 나가 어로를 행함으로써, 전에는 조기 외에는 쉽게 잡을 수 없었던 어종인 민어, 준치, 갈치, 달강어 등 또한 잡아 고가에 팔 수 있었다.

이는 이 어로 행위에 한 획을 긋는 중대한 발전이기도 했다. 이 당시의 어구 어법이 모두 수동적이고 소극적이었으나, 망선망만은 예외적으로 능동적으로 어군을 탐색하여 어획하는 어망으로서 멀리까지 출어하는 상당히 발달된 조어법이었던 것이다.

그러나 이 과정에서 문제도 발생했다.

멀리 출어를 하다 보니 시간과 경비를 아끼기 위해 한 번 출어하면 만선이 될 때까지 이삼일씩 배에 머물며 조업하는 것은 예사인데, 이것이 여름철이 되자 잡은 생선의 신선도가 더욱 떨어진다는 점이었다.

이 문제가 제기되자 병호는 즉각 얼음을 배에 싣고 나가 바로 그 자리에서 잡은 물고기에 얼음을 채워 신선도를 유지할 것을 제안했다. 그러자 홍순겸이 한숨을 내쉬며 답했다.

"휴……! 빙어선(氷漁船)이라고 한양에서는 그 방법이 실행되고 있는지 오래전입니다. 그런데 문제는 장빙업(藏氷業: 얼음 저장 및 판매업)이 한양에만 허용되고 있다는 점입니다. 그러니 강경에도 장빙업이 허가되기 전에는 값은 조금 헐하더라도 여름철에는 소금에 절이는 방법밖에 없는 것 같습니다."

"흐흠……!"

침음하며 병호는 만약 한양에 올라가 자신의 계획대로 안동 김문과 세교(勢交)가 이루어진다면 장빙업도 거론해 봐야겠다는 생각을 했다.

아무튼 이외에도 신치도에서는 가장 중요한 염전 조성 작업이 한창 진행되고 있었다.

워낙 인력을 많이 필요로 하는 대규모 공사고 비밀 유지를 위해 신치도 섬사람만 인부로 200명을 고용한 까닭에 작업이 늦어지고 있었다.

어찌되었든 염전 조성 작업은 의외로 할 일이 많았다. 염전과 외해를 나누는 방조제 역할을 하는 외제방과 바닷물을 저장해 두는 저수지를 먼저 축조해야 된다.

그리고 이 축조된 저수지에서 이동해 온 바닷물을 농축시키기 위해 조성된 증발지, 증발지에서 이동해 온 농축 함수를 소금을 채취할 수 있도록 더 농축시킬 결정지를 만들어야 한다.

여기에 비가 오거나 겨울을 대비하여 증발지와 결정지 내의 염도가 높아진 바닷물을 보관하는 덮개가 설치된 웅덩이인 함수류, 소금을 보관하는 염퇴장 즉 소금 창고까지 축조해야 되니 상당한 시간과 자금이 드는 대규모 공사였다.

이 모든 것을 동시다발적으로 때로는 순차적으로 진행되고 있으니 병호가 이곳의 상시 감독관으로 내정된 구장복과 함께 처음 행한 일은 이곳 섬사람들을 높은 임금으로 고용한 것이었다.

이 당시 머슴들의 새경을 일당으로 계산하면 보통 하루에 2.5푼인 것을, 식대 포함하여 하루 5푼씩 주었으니 너도 나도 이 일에 종사하기를 원했다. 여기에 결정적인 원인이 하나 더 있었다.

밤이면 원하는 이들의 자녀 모두를 무료로 구장복이 글을 가르치도록 한 것이다. 그러자 배움에 한이 맺힌 대부분의 가정이 너나나도 학생을 보내니 도저히 해결 불가였다.

그래서 병호는 인부로 고용된 집에 한 해 한 가구 당 한 명씩의 학생만 보내도록 하니 180명이었다. 이는 한 집에서 두명이 인부로 뽑힌 집도 있었기 때문이었다.

　아무튼 1년 후 1기 학생들이 졸업을 하면 나머지는 추가로받기로 단단히 약속을 하고 인부들에게 제일 먼저 지시한 사항이 이들이 배울 학사(學舍)를 축조케 한 일이었다.

　이에 인부들은 병호의 지시에 의해 제일 먼저 저수지를 조성하기 위해 파내는 진흙에 볏짚을 섞어 벽돌을 찍어내도록했다. 이는 외제방 축조용 벽돌도 되었으므로 인부 백 명이이 작업에 달라붙고 나머지는 학사를 짓도록 했다.

　이렇게 해서 제일 먼저 학사가 완성이 되자 곧 제방 축조공사가 시작되었다.

　이 제방 축조 사업 중 풍랑에 접하는 곳은 인근 야산에서캐낸 돌을 이용해 석축(石築)을 쌓고. 그 위는 생산된 벽돌로축조하되, 최고조위(最高潮位)보다도 1.5m 정도 높게 축조하도록 했다.

　이것이 끝나면 도수로와 함께 제1, 2증발지와 결정지, 함수류, 소금 창고 등도 차례로 조성할 것이다. 그러나 이 과정에서 병호는 일부 계획을 변경해 천일염 제법이 유용하다는 것을 보여주기 위해 먼저 1할의 면적만 결정지까지 빠르게 완성을 시키도록 했다.

그 결과 8월이 되자 첫 수확물이 생산되어 병호의 위상 제고는 물론 가문에서도 후계자로서의 입지가 확실해졌다. 우리나라의 옛 속담에 '평양감사보다 소금 장수', '소금 장수 사위 보았다'는 말에서 우리 민족이 소금을 얼마나 귀하게 여겼는지를 알 수 있을 것이다.

하물며 새로운 소금 제조 방식으로 조선 상계의 판도가 바뀌게 생긴 작금 그의 위세는 더 이상 말할 나위 없었다. 이렇게 병호에게 좋은 점도 있었지만 유의할 점도 있었다.

즉 천일염 제법이 외부로 새어나가는 일을 경계해야 했다. 물론 이 점에 대비해 인부들의 자녀를 공짜로 가르치고 품삯도 배로 지급하고 있지만, 그래도 못 믿을 것이 민심이고 입이었기 때문에, 병호는 인부들에게 다시 한 번 비밀을 유출하지 않도록 단단히 당부했다.

즉 외부인이 물으면 간척을 통한 농지 확보라고 답하도록 답변까지 철저히 주지시켰던 것이다. 그리고 100가마의 첫 수확물 이후 훗날을 위해 더 이상의 소금도 생산하지 않았다.

아무튼 이렇게 염전조성 사업은 순조롭게 이행되어 명년 3월이면 본격적으로 천일염이 양산될 것 같으나 문제는 구장복이었다. 낮이면 공사를 감독하고 밤이면 글을 가르치길 어언 5개월이 지났다.

그러자 그가 너무 피곤해 코피를 쏟는 날이 많아졌다. 여기에 학생 수는 왜 이렇게 많은지 배움에 한이 맺힌 섬사람들이 공짜라니 전부 몰려들어 대기 학생 수 포함 300명이나 되었다.

그래서 병호는 피곤한 구장복의 일을 덜어주기 위해 부친의 유일한 친구였던 윤의(尹義)라는 분을 훈장으로 초빙하러 출타 하지 않을 수 없었다.

그를 소개하자면 병호 자신의 가계(家系)부터 언급하지 않을 수 없다.

자신의 가문과 세도를 누리고 있는 김유근(金逌根), 김좌근(金左根) 형제와는 고조부 때 갈라졌다.

즉 병호의 고조부 김원행(金元行)과 김유근의 증조부 김달행(金達行)은 원래는 김제겸(金濟謙)의 아들로 형제지간이었다.

그러나 병호의 고조부 김원행이 당숙인 숭겸(崇謙)에게 입양되어 종조부 창협(昌協)의 손자가 되는 바람에, 족보상의 촌수로는 조금 더 멀어졌다.

아무튼 이렇게 갈라진 두 가문은 조부 때가 되어서는 한양도 아닌 충청도 은진으로 이사를 오게 되어 더욱 소원한 관계가 되었다.

이는 거리상으로 멀어진 관계도 있지만 당시는 물론 지금까지도 논란이 끊이지 않고 있는, 낙론(洛論)과 호론(湖論)의 학설 차이가 양 가문을 멀어지게 한 결정적인 계기가 되었다.

어느 시점부터의 학문은 송시열(宋時烈)을 종장(宗匠)으로 받드는 성리학이 주조를 이루고 있었다. 그런데 문제는 그 학파 자체 내에서도 낙론(洛論)과 호론(湖論)의 대립하고 있었다는 점이었다.

대립의 발단은 김창협과 권상하(權尙夏)의 학설에서 시작되었다.

권상하의 제자인 이간(李柬)은 김창협의 학설을 이어 이재와 함께 낙론의 중심이 되고, 권상하의 제자 한원진(韓元震)은 권상하의 학설을 이어 호론의 중심이 되었다.

김창협의 손자이자 이재의 문인인 김원행은 자연히 낙론을 지지하는 대표적인 학자로 활동하였다. 그의 사상은 대체로 김창협의 학설을 답습하여 주리(主理)와 주기(主氣)의 절충적인 입장에 서 있었다.

그는 심(心)을 이(理)라고도 하지 않고 기(氣)라고도 하지 않으며, 이와 기의 중간에 처하여 이기(理氣)를 겸하는 의미를 지닌 것으로 여겼다. 이것은 바로 이황(李滉)의 주리설과 이이(李珥)의 주기설을 절충한 김창협의 학설을 계승한 것이다.

그런데 문제는 병호의 조부였다.

자신의 조부인 김원행의 학설을 잇지 않고 호론의 학설을 따른 것도 모자라, 호론의 본산이라 할 수 있는 충청도 은진 땅으로 이사까지 했다. 당연히 미운털이 박힌 그는 가문의 유산을 하나도 상속받지 못하고 일생을 가난하게 살 수밖에 없었다.

여기에 아버지 상근(上根)은 한발 더 나아가 실학을 숭상했으니 김유근 가문과는 학문적으로 한 발 더 멀어졌다고 할 수 있을 것이다. 아무튼 조부가 가난한 가세는 아랑곳하지 않고 학문적 토론과 음풍농월로 소일하자, 어쩔 수 없이 병호 부친은 생계를 위해 서당을 열어야 했다.

그런 속에서도 부친은 당시로서는 신학문이라 할 수 있는 실학에 눈을 뜸은 물론 이에 더욱 매달려 조금의 여유돈은 그 서적을 사는데 모두 들어갔다. 그런 부친마저 4년 전에 작고하니 가세는 더욱 기울었다.

이런 선친에게도 생전에 유일한 친구가 하나 있었으니, 기호학파의 거두 송시열의 문하 많은 문인들 중 유독 뛰어나 고제(高弟)로 지목되었고, 서인계 정통으로서는 주자의 성리학을 바탕으로 하는 의리지학(義理之學)을 체득한 윤증(尹拯)의 후손으로 윤의(尹義)라는 분이었다.

그 역시 고리타분한 이기 논쟁을 싫증 내 아버지와 같이 실학에 매진한 분이셨다. 이렇게 학문의 분야마저 죽이 맞았던 두 분은 누구보다 친한 친구 사이였지만, 이마저 아버지가 작고한 이래로 점차 왕래가 끊어지더니 현재는 소원해진 관계였다.

아무튼 이런 속에 병호는 그분을 학당의 훈장으로 초빙할 결심을 했다. 그런 결심하에 날짜를 따져보니 어느덧 중추절이 삼일밖에 남지 않았다, 올해는 윤달이 끼어 예년보다 추석이 늦었다.

아무튼 병호는 일단 본가부터 들르기로 했다. 그분의 집 또한 이웃 동네였기 때문에 일단 집에 먼저 들러 집부터 살필 참인 것이다.

그런 결심을 한 이날 아침.

병호는 마침 생각나는 것이 있어 밥상머리에서 장인 박춘보에게 한 가지 제안을 했다.

"저가!"

"아직도 저가인가? 장인이라 부르면 어디 입이 부르트기라도 하는가?"

어디서 족보를 사 이제 신분상으로도 양반이 된 박춘보의 쓴 소리를 병호는 헛기침으로 넘기고 자신의 하고픈 말을 했다.

"험, 험……! 다름이 아니라 창고에 보관된 젓갈 말입니다."

"어디 잘못되기라도 했는가?"

"그것은 아니고요. 깊은 굴을 파 보관하면 한층 더 맛이 좋을 텐데요. 굴속은 겨울철이나 여름철에도 항상 일정한 온도를 유지하는 데다, 굴의 기온이 맛을 한층 더 숙성시키기 때문에, 보다 질 좋은 제품이 나올 것 같습니다."

"그러니까 안채 뒷산에 파놓은 굴 같은 것을 더 깊이 파란 말이지?"

"그렇습니다."

"알겠네. 그렇게 한번 해보도록 하지. 집에 다녀오겠다고?"

"네. 제가 부탁한 것은 준비되었습니까?"

"물론이네. 쌀 서른 가마는 먼저 보냈고 돈은 이(李) 서기에게 타가시게."

"알겠습니다."

여기서 박춘보가 말한 서기 이파(李坡)란 인물은 한미한 양반가의 서자 출신으로 젊어서 박춘보에게 발탁된 이래 탁월한 수완으로 강경의 여느 객주와 다름없던 박춘보를, 홍순겸과 함께 당대 강경 제일 여각객주로 거듭나게 한 인물이었다.

곧 식사를 마친 병호는 이미 출발 준비를 마친 장쇠와 함께 조랑말에 올라 집을 나섰다. 그런 그의 눈에 제법 규모 있게 지은 와가(瓦家)가 바로 눈에 들어왔다.

이 집이야 말로 명기 양지홍이 그가 가르치는 학생들과 함께 머무르는 집으로 병호의 건의에 의해 박춘보가 지어준 건물이었다.

양지홍과 그녀의 시비가 머무는 안채를 중심으로 그 앞에는 50명도 동시에 수용할 수 있는 학사(學舍), 그리고 제법 넓은 마당을 지나면 바로 5인 일조로 방 하나가 배정된 숙사(宿舍)에 이들을 수발할 수 있는 부속 동으로 이루어진 이곳도 일종의 학당이었다.

아무튼 병호는 그녀를 본 것도 오래인지라 바로 기생 양성소로 향했다.

"게 아무도 없느냐?"

목에 힘을 준 장쇠의 고함에 놀란 하인 둘이 후다닥 대문가로 튀어나왔다. 여인들만 기거하는 이곳을 경비 겸 뒷바라지 해주는 이곳에 소속된 하인들이었다.

"새벽부터 무슨 일로⋯⋯?"

"보면 모르느냐? 도련님이 와 계시지 않느냐."

"아, 예예."

그제야 대문이 활짝 열리며 두 사람을 맞아들이는 하인들이었다.

두 사람은 곧 기상을 했는지 소란스러운 숙사를 지나 빠른 걸음으로 마당을 가로 질렀다. 그러자 또 하나의 문이 이들을 가로막았다.

소위 중문이었다.

곧 밖의 소란스러움에 열린 문 안으로 이들이 들어서니 작은 마당과 큰 학사가 보였다. 이를 빙 돌아 뒤로 돌아가니 또 하나의 문이 이들을 가로막고 있었다.

이 문 또한 반쯤 열린 속에서 지홍을 모시는 시비의 얼굴이 보였다. 그녀를 본 병호가 물었다.

"아씨는 기침하셨느냐?"

"네, 나리!"

"들어가자."

"네, 모시겠습니다. 나리!"

시비가 종종 걸음을 치는데 안방 문이 활짝 열리며 벌써 단장을 마친 지홍이 활짝 웃는 얼굴로 병호를 맞았다.

"오늘은 무슨 바람이 불어 새벽부터 천첩을 다 찾으셨사옵니까? 서방님!"

"왜 내가 네 서방이야?"

천만 송이 꽃이 피어난 듯한 미모의 지홍의 말에도 병호는 전혀 굴하지 않고 퉁명스럽게 말했다. 그러자 지홍 또한 불퉁스럽게 받았다.

"사내가 되어가지고 일구이언하시면 안 되지요."

"무슨 소리야?"

"애시 당초 천첩과 약속하길 1년만 아이들 가르치고 보자 않으셨습니까?"

"그랬지."

"그 후 저를 첩으로 들인다는 언질 아니십니까?"

"그 말은 내 안 한 것으로 아는데?"

"그게 그거지 뭡니까? 사내대장부가 되어 좀스럽게 일구이 언하지 마시라고요."

"뭐, 좀스러워?"

"어머! 그건 천첩의 실수. 그런데 서방님 진짜 오늘은 무슨 일 있는 겁니까?"

4차원인 그녀와 더 이상 다투기 싫어 병호는 그냥 자신의 목적을 말했다.

"너 본지도 오래고, 잠시 네 얼굴이나 보고 집에 다녀오려고."

"하면 의당 천첩도 서방님 모시고 가야겠네요. 가서 한가위를 맞아 시부모님께 인사드리고, 또 오늘 같은 날 명절 음식을 나눠먹으면 얼마나 즐겁습니까?"

"너 데리고 간다 안 했다."

"아이고 서러워라! 흑흑흑……!"

갑자기 마루에 주저앉더니 두 다리를 쭉 뻗고 울음을 쏟아

내며 자신의 신세한탄을 하기 시작하는 그녀였다.

"어미 아비 일찍 여의고 어린 나이에 기생이 된 것도 서러운데, 서방이라고 생각하는 인간은 명절이 되어도 나 몰라라 하니, 아이고 박복한 내 팔자야! 흑흑흑……!"

"시끄럽다. 그만해라!"

발딱 일어선 그녀가 활짝 웃는 얼굴로 물었다.

"데리고 가시는 거죠? 서방~ 님!"

딴에는 애교를 핀다고 몸을 뒤트는데 그 모습이 참으로 가관이었다.

이에 어처구니가 없어 병호가 헛웃음을 흘리는데 지홍은 아예 섬돌 위에 놓인 당혜를 꿰고는 병호의 옆에 나란히 섰다. 그리고 그녀가 앞서나가며 말했다.

"가시죠, 서방님!"

그녀의 이 모든 것이 과히 싫지 않은 병호가 마지못해 승낙하는 말을 했다.

"그 모양으로 갈 거야?"

"그럼, 뭐……? 서방님을 안고라도 갈까요?"

"됐고, 어서 장옷이라도 걸쳐. 괜히 수십 놈 상사병 걸리게 하지 말고."

"호호호……! 서방님도 천녀의 미모는 인정하시는군요."

"허허, 거참……!"

병호가 실소를 하고 있는데 시비가 눈치껏 뛰어가 초록색 비단 장의를 가지고 나왔다.

이렇게 해서 일행이 된 세 사람은 머지않아 장인이 운영하는 전방에 도착했다. 곧 기다리고 있던 서기 이파가 급히 맞았다.

"어서 오시죠, 저가!"

"무슨 소릴. 장인이 들으면 섭섭해 하시라고."

"없는 데야 어떻습니까?"

금년 36세로 그의 능력에 비하면 생김은 볼품이 없었다. 작은 체구에 성긴 체모 여기에 작은 눈이라도 또르르 굴릴라치면 어김없는 쥐 상이었다. 그러나 사람을 외모로 함부로 판단해서는 안 되는 법.

보기와 달리 담대한 배짱에 뛰어난 권모술수. 비록 하루 종일 술을 입에 달고 사는 그이지만, 한 달 전의 사계치부 내용을 물어도 숫자 하나 틀리지 않고 똑똑히 답변하는 뛰어난 오성까지 갖춘 명 참모가 바로 그였다.

"쓸데없는 소리 말고 노자나 내놓으시게."

"서기 보!"

"네, 서기님!"

이파가 소리쳐 부르자 약관쯤 되어 보이는 청년이 전방에서 튀어나와 그의 앞에 정중히 고개를 조아렸다.

"준비해 놓은 백 냥 가져와."

"네, 서기님!"

곧 안으로 들어간 보조 서기가 자루 하나를 땅에 내려놓더니 어음 여덟 장을 병호에게 건넸다. 쓰기 좋게 10냥씩 잘게 쪼개놓은 어음이었다.

"자루에 든 것이 20냥인가?"

"그렇습니다."

"셈하기 좋게 100개씩 스무 뭉치로 나눠놓았습니다."

"고맙네."

"별말씀을."

보조서기가 정중히 고개 숙여 인사를 하고 등을 돌리는 순간 이파의 날카로운 명이 들려왔다.

"모시게."

"네, 서기님!"

대답과 동시에 전방 안에서 두 인물이 튀어나왔다.

큰 삿갓을 깊숙이 눌러 써 전혀 용모를 알 수 없는 자들이었다.

몸에는 질 좋은 비단옷을 걸쳤을 뿐만 아니라, 오늘같이 맑은 날에도 비 오는 날에나 신는 나막신을 신고 있었다. 게다가 손에는 두 사람 모두 죽장을 휴대했는데 아무래도 예사 물건이 아닌 듯했다.

병호의 예감이 맞았다.

그들이 지금 휴대하고 있는 것은 창포검(菖蒲劍)이었다. 칼의 몸체가 마치 창포 잎처럼 일직선으로 되어 있다고 해 창포검이라 부르는 것으로, 위기 상황 시 칼이나 혹은 창으로 사용할 수 있도록 만든 호신용 무기였다.

죽장이나 목장 속에 넣어 흉기임을 은폐하는 이 무기는 주로 조선 시대의 살수나 그에 준하는 살략계(殺掠契) 또는 홍동계 내지는 검계(劍契)라 부르는 자들이 휴대하고 다녔다.

제5장
요정(料亭)上

"아니, 이들은 장인의 수신위들 아닌가?"

"맞습니다. 저가를 호위하는 호한들로, 이제는 혼자의 몸이 아니라고 오늘부터 이들의 호위를 받으라는 저가의 지시가 있었습니다."

"흐흠……!"

침음하던 병호가 이내 감사를 표하고 이파에게 작별을 고했다.

"고맙네!"

"잘 다녀오세요."

고개를 끄덕이던 병호가 뒤돌아 두 사람을 다시 한 번 살핀 뒤 물었다.

"당신들 실력은 어느 정도인가?"

"경기 이남에서는 우리를 당할 자들이 없다고 자부하고 있습니다."

"정말 그 정도인가?"

"물론입니다."

이구동성으로 답하는 둘을 새삼스러운 눈으로 돌아본 병호가 다시 질문을 던졌다.

"당신들도 조직이 있는가?"

"……."

병호의 물음에도 둘은 서로를 바라볼 뿐 한동안 답이 없었다. 그런 둘을 보고 병호가 크게 질책했다.

"왜 답이 없는가? 서로 간담상조해야 할 우리 사이에 비밀이 있어야, 내 어찌 그대들에게 몸을 맡기겠는가? 안 그런가?"

"소인들의 생각이 짧았습니다. 그렇게 믿어주신다니 말씀드리겠습니다. 우린 검계라 부르며 한양에 계주 이하 본부가 있고, 전국 각 현마다 조직원 없는 곳이 없습니다."

"흐흠……!"

실로 무서운 조직임에 침음하던 병호가 기억나는 것이 있어서 물었다.

"영조대왕 시절은 물론 근간 순조 연간에도 대대적인 검거 선풍이 분 것으로 아는데 그래도 조직이 무탈했는가?"

"영조 때 큰 피해를 입었으나 그를 기화로 조직을 구성함에 있어서 더욱 은밀을 기한 까닭에 그 이후로는 별 피해가 없었습니다."

"흐흠……!"

침음하던 병호가 또 다른 질문을 던졌다.

"당신들은 양반 제도 자체를 부정하는가?"

"꼭 그렇지는 않고 일부 악덕 양반들에 대해서는 깊은 혐오감을 갖고 있습니다. 물론 반상을 가르는 기존 조선의 제도가 썩 마음에 드는 것은 아닙니다."

"좋네! 내 비록 양반이지만 나 역시 태어나면서부터 사람의 신분이 정해지는 것 자체가 마음에 들지 않네. 이는 우리 부조의 생각이 같아. 저 장쇠만 해도 비록 노비 신분이지만 선친께 글을 가르침 받을 정도니, 우리 부조의 생각을 알 수 있겠지? 하고 당신들이 알 듯 나는 애초 상민인 이 가문에 장가를 들기로 한 사람일세. 이 모든 것이 말만이 아님을 입증해 주고 있질 않나?"

"미처 거기까지는 생각이 미치지 못했지만 지금 생각해 보니 보통 양반과는 확연히 다름을 알 수 있습니다. 충심으로 모시겠습니다, 나리!"

"내 단언하건데 나를 진실로 보필하다 보면 꼭 좋은 날을 볼 수 있을 것이야! 무슨 말인지 알아듣겠나?"

"물론입죠. 신명을 바쳐 꼭 그런 세상이 오도록 충실히 나리를 모시겠습니다요."

"좋았어! 우리 사이니 이런 말을 하지. 어디 가서든 방금 우리가 주고받은 말에 대해서는 입도 뻥긋 말아야 되네."

"당연합죠. 우리 역시 떳떳한 신분은 아니니까요."

"좋아. 이제 서로 믿고 의지하며 좋은 세월을 만들어봄세. 아, 참! 제사 다 지내놓고 누구의 제사냐고 묻는 꼴이지만, 자네들 이름이 어떻게 되나?"

"신용석(申用石)입니다요."

키가 조금 더 큰 자가 먼저 대답을 했고 이어 나머지 한 사람도 자신의 이름을 밝혔다.

"소인은 강철중(姜鐵仲)이라 하옵니다요."

"알겠네. 내 두 사람의 이름을 꼭 기억하지."

잠시 생각에 잠겼던 병호가 다시 입을 열었다.

"두 사람의 복장 중 고쳐야 할 것이 있네. 그 신발이야. 비도 안 오는데 나막신이라니. 남에게 이상하게 보이지 않겠나? 하고 무사들이 나막신을 신는다는 것 자체가 이해가 안 되네. 싸움에서도 결코 유리하지 않을 텐데 말이야."

"소인들의 생각이 짧았습니다요."

"잘못을 알았으면 바로 시정을 해야지. 장쇠야!"

"네, 도련님!"

"두 사람의 발에 맞는 가죽신을 당장 사서, 처음 우리가 건넜던 강경나루로 와."

"알겠습니다, 도련님!"

곧 뛰어가는 장쇠를 향해 병호가 소리를 질렀다.

"돈 안 갖고 가!"

"아이고 내 정신 좀 봐!"

그제야 다시 달려와 나귀에 실린 돈 자루에서 대뜸 두 뭉치를 들고튀려는 장쇠에게 병호가 다시 점잖게 타일렀다.

"두 사람의 발 치수도 재가야지."

"아, 네네! 오늘은 내가 왜 이러지."

자신의 머리를 툭툭 쥐어박던 장쇠가 혼잣말처럼 중얼거렸다.

"도련님의 말씀처럼 그런 세상이 왔으면 하루라도 빨리 왔으면 참으로 좋겠는데 말이야."

돌아서서 눈을 껌벅껌벅하는 장쇠 뒤의 하늘은 오늘따라 더욱 푸르기만 했다.

*　　　*　　　*

"마님, 마님!"

"아이고, 병호야!"

해질녘, 병호 본가는 갑자기 들이닥친 병호 일행 때문에 한바탕 난리가 났다.

"어디 아픈 데는 없고?"

병호를 안방으로 맞아들여 아래위를 살피는 병호 모친 이 씨의 눈에는 벌써부터 눈물이 그렁그렁했다.

"아프기는 더 건강해졌습니다. 어머니!"

"그렇다니 다행이다. 그런데 이 아이는……?"

비로소 조용히 고개 숙이고 있는 지홍에게 시선이 미친 어머니의 물음이었다.

"안녕하세요? 어머님! 저… 이이의 첩되는……."

"뭐……?"

부끄러운 양 제대로 말을 못하는 지홍이나, 이 씨의 눈은 어느새 세모꼴이 되어 아들을 위아래로 훑고 있었다.

"어머니, 그게 아니라……."

"이이가 한가위를 맞아 시부모님께 정식으로 인사드리러 가자고 해서……."

"그, 그게 아니라……."

다시 나서서 조용조용 고하는 지홍 때문에 이러지도 저러지도 못하고 병호는 쩔쩔매기 바빴다.

"아가! 네 말이 정녕 진실이드냐?"

"어느 안전이라고 거짓을 고하리까?"

엄숙한 이 씨의 물음에 더할 나위 없는 양가 규수가 되어 자못 어렵게 고하는 지홍 때문에 병호는 미치고 팔짝 뛰기 직전이었다.

"하면 약혼했다는 아이는 어떻게 된 것이더냐?"

"그 사람은 친정에……."

아들이 상민 집안과 약혼한다고 청해도 끝내 오지 않은 어머니의 눈에 갑자기 귀화가 피어올랐다.

"내 너를 그렇게 가르쳤더냐?"

"어머니 그게 아니라, 그 집도 이제는 양반이 되었고, 이 사람은……."

"무슨 소리야? 갑자기 상민이 양반이 되다니?"

"고신공명첩(告身空名帖)으로 허직(虛職)을 얻고 양인(良人)을 면했습니다."

"그렇다고 그 피가 어디 간다더냐?"

계속되는 어머니의 호통에 슬슬 짜증이 난 병호가 바른 말을 고했다.

"아니면 글이나 읽다가 전부 굶어죽어야겠습니까?"

"나는 그렇게 할 것이다."

"하면 어머니가 잡수신 곡식은 어디서 난 것입니까?"

"그야, 장쇠가 말하기를 네가 번 돈으로 구입한 양식이라고 해서……."

"정녕 그렇게 믿으셨습니까?"

"그야……."

우물쭈물하는 어머니를 더 다그치기 뭣해 조용히 돌아선 병호가 읊조리듯 말했다.

"백이숙제가 먹은 고사리는 또한 누구의 것이더냐? 나가자!"

"네!"

"아이고, 내 팔자야! 천재를 낳은 줄 알았더니, 어디서 저런 반상의 법도도 모르는 놈을 낳아서……."

이때부터 길게 한탄을 하시던 어머니는 끝내 머리를 싸고 드러누우셨다. 그러나 마루로 나온 병호의 푸념 역시 계속되고 있었다.

"어머니 같은 낡은 사고 때문에 조선이 발전이 안 되는 거야. 능력으로 따져야지, 어찌 타고난 신분으로 모든 것을 결정하고, 에이……."

도포를 떨치며 사랑채로 향하는 병호를 따라 도는 열두 개의 눈에는 어느새 눈물이 그렁그렁했다. 자신들의 한 맺힌 가슴을 그가 대변한 듯했기 때문이었다.

부엌에서 음식을 장만하다 훌쩍거리는 점순은 말할 것도

없고, 백발이 되도록 천인의 굴레를 벗지 못한 돌쇠아범, 장쇠, 지홍, 두 무사 신용석과 강철중 모두 오늘날까지 인간 이하의 대우를 받으며 생활하는 그들이었기 때문에, 자신들의 심정을 대변하는 듯한 병호의 말에 줄줄 눈물을 흘리고 있는 것이다.

어찌되었건 그래도 사내라고 남자들이 괜히 딴청들을 하고 있는데, 지홍 또한 눈물을 흘리며 병호가 들어간 사랑채로 향했다.

"들어가도 돼요?"

코맹맹이 소리에 들려오는 것은 여전히 퉁명스러운 목소리였다.

"할 말 있으면 들어오고 아니면 들어오지 마."

"당연히 할 말이 있죠."

"들어와!"

곧 방으로 들어간 지홍은 언제 울었냐는 듯 병호를 향해 배시시 웃으며 말했다.

"아랫것들에게는 거침없이 하대를 하지만, 때로 툭툭 내뱉는 말이 절절히 한 맺힌 우리의 가슴을 뻥 뚫어준다니까요! 이러니 제가 어찌 반하지 않겠어요?"

"자네는 양인 아닌가?"

"원래는 그랬죠. 홍! 그러나 기적에 이름을 올리는 순간부터 천인도 이런 천것이 없다는 것을 당신이 더 잘 알잖아요?"

"그래서 시원했어?"

"네!"

"너희들 시원하라고 그런 게 아니야. 어머니의 위선이 싫었을 뿐이지."

"알아요. 하지만 고맙거든요."

"그러나저러나 어머니를 어떻게 달래냐?"

"자식 이기는 부모 없다고 하잖아요?"

"물론 그렇기야 하지."

"그럼, 이렇게 해보시면 어때요?"

잔꾀에 밝은 그녀답게 곧 다가와 병호의 귀에 대고 속삭이는 그녀 때문에, 병호는 모처럼 맡아보는 지분 냄새와 그녀의 미태에 취해 얼굴을 붉힌 채, 몇 번이고 귀를 그녀로부터 떼어내야 했다.

이날 밤 초저녁.

갑자기 병호가 배가 아프다고 방을 때굴때굴 굴렀다. 물론 머리 싸고 드러누운 어머니는 식사를 안 한 상태고, 나머지는 모두 식사를 한 상태였다.

이에 장쇠가 의원을 부르러 이웃마을로 급히 달려가고, 놀란 어머니 또한 한걸음에 달려와 병호의 머리맡에 앉아 어찌

할 줄을 몰라 했다.

"얘야, 이게 어찌 된 일이냐?"

"갑자기 배가 아프고 숨이 멎을 듯해요. 몸도 점점 마비가 되는 것 같아요."

"뭐? 그러면 토사곽란 아니냐? 이러다 죽는 수도 있는데. 이를 어쩌냐? 이를 어째?"

갑자기 자리에서 벌떡 일어나 마치 뜨거운 솥 속에 든 개미처럼 안절부절 못하는 어머니셨다. 그런 어머니가 갑자기 주저앉으며 물었다.

"나 때문에 속이 상해 그런 것이더냐?"

"그, 그런 것 같아요. 아이고, 배야!"

"이를 어째, 이를 어째! 다 어미 잘못이다. 못난 이 어미를 용서하라!"

어머니의 진정에 연기를 하는 병호도 갑자기 숙연해져 코끝이 시큰해졌다.

그러나 여기서 연기를 멈출 수는 없었다. 다 된 밥에 코 빠뜨릴 수 없어 의원이 올 때까지 소동을 피우다가, 의원이 침을 놓고 처방약을 달여 먹은 후에야 겨우 진정한 듯 잠든 척을 했다. 이로써 어머니는 더 이상 고집을 피울 수가 없게 되어 모자간은 극적으로 화해를 했다.

사실 병호의 지금 심정을 정확히 말하라면 현재의 양반 신분을 즐기고 있었다. 그러나 조선이 발전을 하고 더 나아가 자신이 꿈꾸는 대로 세계 최강국이 되려면 궁극적으로 신분제 또한 해체해야 된다는 생각을 갖고 있었다.

어찌되었든 병호는 그런 날이 올 때까지는 어떤 험한 짓도, 어떤 못된 짓도 할 각오가 단단히 되어 있었다. 그런 그였기에 어머니의 마음을 비록 아프게 했지만, 오늘일로 자신을 도와줄 주변인들의 마음은 더욱 단단히 샀다.

아무튼 이렇게 어수선한 하룻밤이 지나고 새날이 밝았다. 다음 날 병호는 일찌감치 길을 나섰다. 선친의 친구인 윤의를 만나러 가는 길이었다. 그런 그의 곁에는 세 명이 따르고 있었다.

엽전 일천 개의 무게에 장쇠가 끄는 늙은 조랑말의 허리가 휘고(?), 병호는 두 무사의 호위를 받으며 걸어가고 있었다. 그러나 이들의 목적지가 이웃동네라 다행히 늙은 조랑말의 허리가 부러지는 대참사는 면했다.

"이리 오너라!"

장쇠의 외침에 노복 하나가 빠끔히 대문을 열고 바라보다가 대문을 활짝 열며 외쳤다.

"아니, 너는 장쇠 아니냐?"

"그동안 편안하셨어요?"

"그래, 그래. 그런데 무슨 일로……?"

그제야 뒤를 바라보던 노복이 병호를 발견하고는 장쇠에게 물었다.

"혹시 병호 도련님이 저렇게 장성한 것이냐?"

"맞습니다요, 할아범. 헌데 나리는 계신가요?"

장쇠의 물음에 노복의 안색이 확연히 밝아지며 답했다.

"아니래도 나리와 함께 도련님 댁을 방문하려고 준비 중이었어."

"왜요?"

"어제 저녁에 쌀 서른 가마가 도착했는데, 그것이 도련님이 보낸 것이라 하는데, 당최 믿기지 않아서 확인 차 가려던 참이었지."

둘의 수다(?)에 짜증이 난 병호가 일갈했다.

"그만 대문이나 활짝 여시게!"

"아이고, 내 정신 좀 봐. 도련님을 밖에다 세워두고 이 무슨 짓이야."

병호의 말에 놀란 노복이 대문을 활짝 열어젖히자, 병호는 큰 기침과 함께 대문 안으로 들어섰다. 곧 노복이 자신의 주인을 부르며 달려가고, 병호는 신발을 끌며 나온 윤의의 극진한 환대를 받으며 사랑채에 발을 들여놓았다.

"굶기를 밥 먹듯 하던 자네 집안인데, 쌀을 서른 가마씩 보냈다는 것이 당체 이해되지 않아, 그렇잖아도 자네 집을 방문하려고 준비 중이었네. 이게 도대체 어찌 된 일인가?"

아랫목에 앉으며 묻는 윤의의 말에 병호가 빙긋 웃더니 그에 대해서는 답을 않고 밖을 향해 소리를 질렀다.

"장쇠야!"

"네, 도련님!"

"돈도 이곳으로 들여라!"

"네, 도련님!"

곧 방문이 활짝 열리며 일천 개의 엽전이 쩔렁쩔렁 소리를 내며 방에 차곡차곡 쌓이기 시작했다. 이를 본 윤의가 놀라 한동안 입을 떼지 못하다가 물었다.

"저, 저 돈은 또 뭔가?"

"제가 아저씨께 드리는 한가위 선물입니다."

"뭐……?"

놀라 입이 딱 벌어지며 더 이상 말을 있지 못하는 그에게 병호가 말했다.

"저희 집 가세가 좀 폈거든요. 그러니까 제일 먼저 생각나는 분이 선친과 각별하게 정을 나누셨던 아저씨셨습니다. 그래서 쌀과 함께, 약소하지만 50냥을 한가위 선물로 드리는 것입니다."

병호의 말에 기뻐할 줄 알았던 윤의가 오히려 안색을 굳히며 말했다.

"아무리 그래도 그렇지. 너무 과한 선물은 상대를 욕보이는 것이야."

"그럼, 이건 어떻습니까?"

여전히 안색을 굳힌 윤의가 침중한 안색으로 말했다.

"말씀해 보시게."

"제가 맡고 있는 학생들을 좀 가르쳐 주십시오."

"그건 또 무슨 뚱딴지같은 소린가?"

"자초지종을 설명하기 전에 아저씨께 한 가지만 여쭙겠습니다."

"……."

말없이 고개를 끄덕이는 윤의에게 병호가 물었다.

"아저씨가 생각하시기에 조선이 이대로 괜찮다고 생각하십니까?"

"험, 험! 썩을 대로 썩은 세상인데 이대로는 절대 안 되지."

윤의의 말에 반색한 병호가 아예 한 무릎 달려들며 재차 물었다.

"절대 이대로는 안 되지요?"

"물론일세."

여전히 침중한 안색으로 확실하게 답하는 윤의를 향해 병호가 물었다.

"아저씨는 그럼, 이 나라를 어떻게 개혁해야 된다고 생각하십니까?"

"그야……!"

그에 대해서는 깊게 생각해 보지 않았던 듯 잠시 멈칫했던 윤의가 생각을 가다듬고 답변을 시작했다.

"그야 나라의 위정자들부터 정신을 바싹 차려야 하고, 또 선비들은 고루한 학문에서 벗어나, 보다 실용적인 학문인 북학을 더욱 발전시키고 보급에 힘써야 하네. 그리고 백성들은……."

"잠깐만요. 아저씨!"

"왜?"

"좀 전의 말씀 중에 북학을 더욱 발전시키고 보급에 힘써야 한다고 하셨는데, 그 말 진정으로 하시는 말씀이시죠?"

"물론이네. 익히면 익힐수록 실용적인 학문이라는 생각이 들어, 널리 보급해야 된다는 생각을 갖고 있네."

"바로 그것입니다. 우리 학생들에게 북학을 가르쳐 달라는 말씀입니다."

"아까부터 학생, 학생 하는데, 어떤 학생들을 말하는 것인가?"

그제야 병호는 자신이 상업에 투신하게 된 배경과 함께 염전을 일군 이야기까지 모든 이야기를 고하고, 그 과정에서 모집하게 된 학생들의 장래 계획에 대해서도 일장 연설을 토하기 시작했다.

"저는 그들에게 아저씨가 언급한 실용적인 학문을 깊이 가르쳐 이 나라의 동량으로 키우고 싶습니다. 비록 그들이 무지하고 가난한 백성들의 자녀이나, 그들이 배움을 얻어 비상하는 날, 우리 조선의 미래도 크게 밝아지리라 생각하고 있습니다. 따라서 저는 그들에게 소정의 교육을 마치면 어떤 수단과 방법을 쓰더라도, 북학의 본향이라 할 수 있는 양이(洋夷)의 나라로 유학까지 보낼 생각입니다."

"뭐라고? 유학까지 보낸다는 것은 위험한 발상일세."

윤의의 말에 병호의 안색이 급격히 굳어지자 그가 헛기침과 함께 자신의 생각을 말했다.

"험, 험! 그러나 그들을 실용적인 학문에 접근할 수 있도록 하는 근본적인 취지에는 동의하네."

"제 말이 그것입니다. 그러니까 아저씨는 그들에게 일정 수준의 북학만 가르쳐 주시면 됩니다."

"그다음은?"

종전 병호의 말에 걸렸던지 윤의가 재차 병호의 의중을 물었다.

"서양의 발전된 학문과 기술을 익히기 위해 학업 우수자들은 선정하여, 오 년이고 십 년이고 장기간 유학을 보낼 생각입니다."

"유학을 보내는 것까지는 내 뭐라 하지 않겠네만, 내 말은 그 방법이 국법을 어겨야 하는 것이니 걸린단 말일세."

"가능한 합법적인 방법을 생각해 보겠습니다."

"어떻게?"

집요한 그의 질문에 병호는 슬슬 짜증이 났지만 그를 설득치 못한다면 장래의 일이 암담했기 때문에 다시 성의를 갖고 설득하기 시작했다. 아니 자신이 세운 계획의 일단을 들려주었다.

"흐흠……!"

병호의 계획을 들은 윤의가 침음과 함께 말했다.

"그 방법이 탐탁치는 않으나, 정 방법이 없다면 그렇게라도 해서 인재를 키우는 것이, 조선이 발전할 수 있는 확실한 방법이기는 하지."

"제 심정을 이해해 주서서 감사합니다."

"아닐세. 자네의 말을 듣고 나니 내가 오히려 부끄럽네. 어린 자네도 나라를 위해서 벌써부터 목숨을 초개와 같이 던질 각오를 하고 있는데, 이 필부는 한탄으로 세월을 보내고 있었으니, 심히 부끄러워 자네 앞에 얼굴을 들 수 없을 지경이네."

"그런데 저……."

"어떤 말이든 해보시게."

"제 생각으로는 염전마다 이런 학생을 모집하려고 합니다.

그렇게 되면 자연히 훈장이 모자라는지라, 주변에……."

"내 친한 친구 중에 몇몇은 내가 설득만 하면 동참할 사람도 있을 걸세. 그런데 거리가 멀어. 저 전라도 땅에 거주하고 있거든."

"서신을 작성해 주신다면 인편으로 보내 만나보실 수 있게 해드리겠습니다."

"험, 험! 그럼, 그렇게 하기로 하고, 자당님은 편안하시지?"

뒤늦게 어머니의 안부를 묻는 윤의 때문에 내심 웃음이 비집어 나왔으나 병호는 이를 꾹 참고 힘주어 대답했다.

"물론입니다."

"자, 그럼, 내가 어찌 해야 되나?"

"우선 추석은 쇠시고 저와 동행하시는 것은 어떻겠습니까? 그 이튿날 제가 모시러 오겠습니다."

"좋네, 내 그렇게 함세."

"감사합니다, 아저씨!"

"이, 이러지 마시게!"

갑자기 병호가 큰절을 하려하자 급히 몸을 틀어 그의 인사를 받지 않으려 하는 윤의였다.

제6장

요정(料亭)下

다음 날 저녁 새참 무렵이었다. 모처럼 전 냄새 솔향기 그
윽하고 웃음이 끊이지 않는 집에 갑자기 손님 한 사람이 찾아
왔다. 이를 맞은 어머니가 그를 부둥켜안고 울음부터 쏟아냈
다.

"흑흑흑……! 이게 도대체 얼마만이냐?"

"그간 편안하셨어요? 누님!"

"그래, 그래. 친정 어머니는 무고하시고?"

"물론이죠. 아직 정정하십니다요, 누님!"

"그런데 명절을 앞두고 갑자기 무슨 일이냐?"

"감사의 인사드리려고요."

"무슨……?"

영문을 모르는 어머니가 얼버무리시자 병호의 서른 살 먹은 외삼촌이 답했다.

"웬 돈을 그렇게 많이 보내주셨어요, 그래? 거금 40냥씩이나?"

"40냥? 무슨……."

"어머니 제가 보냈습니다."

"뭐?"

펄쩍 뛸 듯이 놀란 어머니가 황급히 물었다.

"그 돈이 어디서 나서?"

"이제 몇 십만 냥을 희롱하는 거상 아니 거부가 접니다. 어머니!"

'상(商)' 소리만 들어도 아직 거부 반응을 보이는 어머니를 위해 거부(巨富)로 말을 돌린 병호의 말에, 어머니는 또다시 눈물을 쏟아내며 병호를 부둥켜안고 말했다.

"내 아들 장하다. 그간 동기간의 도리도 못해 노상 마음에 걸렸었는데……."

둘의 대화에서 이제야 어떻게 된 연유인지 파악한 외삼촌 이효상(李孝祥)이 말했다.

"조카 고맙네."

"별말씀을요. 자, 이렇게 아니라 모처럼 외삼촌도 오셨는데 술이 빠질 수가 없지요."

"자네 술도 배웠나?"

"험, 험……! 이미 상투를 틀었어도 틀었을 나이입니다. 너무 어리게만 보지마세요."

"하하하……! 그래, 장가는 갔고?"

"장가를 가면 외삼촌댁에 알리지 그냥 가겠습니까?"

"하긴 그렇겠네만."

이때였다. 한 옆에 앉아 있던 지홍이 끼어들었다.

"머지않아 청첩장을 보낼 테니, 그때는 꼭 오셔야 해요."

그녀의 얼굴을 본 외삼촌이 놀라 뒤로 한 발 물러나며 물었다.

"자네 색시인가?"

"험, 험!"

"네!"

병호가 대답이 궁색해 헛기침만 하고 있는데 지홍이 날름 대답했다.

이때 방문이 열리며 급히 차린 술상이 들어오고 마당에서 서성이고 있는 장쇠를 향해 병호가 말했다.

"외삼촌 모시고 오느라고 고생했다."

"고생은요. 모처럼 닭다리도 뜯었더니 이가 다 시큰거리네요."

"하하하……! 늙은 장닭을 잡아준 모양이지?"

"그런 모양이에요."

"닭이라고는 씨암탉하고 딱 두 마리밖에 없어서."

우스갯소리로 한 이야기를 외삼촌의 변명까지 늘어놓자 농담이 아니게 되었지만 모처럼 분위기는 더욱 화기애애해졌다.

어머니의 친정 또한 지금은 한미한 양반가로 전락한 지 오래였다. 벌써 몇 대에 걸쳐 급제자를 배출하지 못하다 보니, 지금 와서는 매 끼니를 걱정하는 정도로 가세가 기울어 있었다.

그래도 외삼촌은 굴하지 않고 과거에 전념하고 있으나 될 일이 아니었다. 벌써 과거마저 권문세가의 농간으로 벌열(閥閱) 가문이 아니면 급제자 배출은 턱도 없는 일이 되었기 때문이었다.

이런 외가의 형편을 딱하게 여긴 병호는 어제 어머니 속을 뒤집은 걸 만회도 할 겸, 윤의의 집에서 나오자마자 바로 장쇠를 그곳에서 멀지않은 금산(錦山)으로 보냈다.

물론 전표 네 장(40냥)을 함께 딸려 보내 살림에 보태 쓰게 하고, 외삼촌 또한 모셔오도록 했던 것이다. 병호의 성정상 그것이 공짜는 아니었다. 다 외삼촌마저 자신의 사업에 끌어들이기 위함이었으니, 그 또한 이제 백수(?)는 면하리라.

8월16일.

병호는 추석을 쇠자마자 아쉬워하는 어머니를 등지고 바로 집을 떠났다. 이 길에는 추석도 제대로 쇠지 못한 외삼촌은 물론 이웃의 윤의까지 일행으로 가세해 강경으로 향하고 있었다.

그런 일행 중 윤의의 짐이 과히 볼만했다. 집의 가보이다시피 했던 늙은 나귀의 등 위에는, 그가 평소 아끼던 실용학 문서가 잔뜩 실려 나귀의 걸음을 위태롭게 하고 있었다.

그 책의 몇 가지를 예로 들자면 직방외기(職方外紀)와 같은 책은 세계 5대주 각국(42개국)의 지리와 풍토, 기후, 명승지, 민생 등을 다루고 있고, 말미에는 콜럼버스의 미주대륙 발견 기사까지 실려 있었다.

또 동문산지(同文算指)와 같은 책은 중국의 이지조(李之藻)가 마테오 리치 등 선교사들로부터 수강한 내용과, 독일 수학자 클라비우스(C. Clavius)의 '실용산술개론(實用算術槪論)'을 참고해 1614년에 편찬 출간한 책으로, 전편에는 주로 정수(整數)와 분수(分數)의 가감승제 산법과 기법(記法)을 소개하고, 통편에서는 비례, 비례분배, 영부족(盈不足), 급수(級數), 다원일차방정식(多元一次方程式), 개방법(開方法), 그리고 평방근과 일반근 계산법 등을 개괄하고 있었다.

이밖에 기하원본(幾何原本), 측량법의(測量法義), 산술개론(算術槪論), 곤여도설(坤輿圖說), 서방요기(西方要紀), 수리정온(數理

精蘊), 천문서(天文書), 천문도(天文圖), 심지어 홍이포제본(紅夷砲題本)까지 실려 있으니, 나귀가 비척거리지 않으면 이상한 일이었다.

여기에 규남(圭南) 하백원(河百源)이 제작한 오늘날의 세계지도와 별 다름없는 만국전도(萬國全圖)까지 실려 있으나, 다행히 가톨릭 교리서이며 호교서(護敎書)인 천주실의(天主實義)는 실려 있지 않아 병호를 안심케 하고 있었다.

이 모든 것이 원본이 아니라 병호네 집에 있는 것을 필사한 것이니, 사실 그는 선친으로부터 많은 은혜를 입었다 할 수 있을 것이다.

*   *   *

그로부터 7일이 지난 헌종4년(憲宗 四年) 1838(戊戌)년 8월 23일.

전라도로 윤의가 소개한 실학자를 데리러 갔던 장쇠가 세 명과 함께 돌아왔다. 그들은 평소 윤의와 친교가 있던 인물들로 둘은 규남(圭南) 하백원(河百源)의 제자였고, 한 사람은 존재(存齋) 위백규(魏伯珪)의 제자로, 병호의 열변과 윤의의 간절한 설득에 의해 뜻을 함께하기로 했다.

이에 이들은 이튿날 바로 짐을 꾸려 신치도로 아이들을 가르치러 떠났다. 그리고 또 한 명 외삼촌 이효상은 기생 학교의 글 선생이 되어 예비 기녀들을 가르치게 되었다.

그전까지는 그녀들을 서기 이파가 가르쳤으나 그의 업무가 너무 과한 관계로 금번에 그 대신 그 자리를 차지하게 된 것이다. 업무가 과하기로는 양지홍 역시 못지않았다.

그녀는 외모만 경국지색인 것이 아니라 금기서화(琴棋書畵)에도 능해 기녀들에게 춤과 노래마저 가르쳤으니 그녀는 하루 온종일을 학사에 메어 살아야 할 정도였다.

아무튼 이제는 병호 자신이 한양으로 떠날 차례였다. 그간 떠날 것에 대비해 자신이 한양에 올라가는 목적과 앞으로의 계획을 장인인 박춘보에게 설파한 바, 그의 적극적인 동의하에 8월 24일에는 병호 또한 몇몇 일행과 함께 한양으로 출발했다.

그의 수행원으로는 서기 이파와 장쇠 그리고 두 명의 호위 무사 신용석과 강철중이 선정되어 함께 가게 되었다. 이제 호위 무사 신용석과 강철중은 그간 많은 대화로 서로를 잘 알게 되었고, 몇 번이고 병호에게 충성을 다짐하며 장차 그가 추진하려는 개혁에 적극 동참하기로 했다.

그로부터 사흘 후 초저녁.

한양 교동(校洞)에 병호를 비롯한 일행 다섯 명이 나타났다. 목적지가 가까워지자 신용석이 앞장을 섰다. 그런 그들이 어느 양반가 고택 앞에 선 순간, 안에서 묻는 말이 튀어나왔다.

"접장님 맞습니까?"

"맞네."

신용석이야 말로 검계 계원 중 충청도를 책임지는 접장(接長)의 지위에 있었다. 강철중은 부접주였다.

"부접주님 뒤의 모르는 세 사람은 누굽니까?"

"다 신용할 만한 사람들이니 어서 문이나 여시게."

"알겠습니다."

곧 쪽문이 빠끔히 열리고 안에서 튀어나온 네 명이 순식간에 일행 다섯을 에워싸더니 말했다.

"어서 들어가시죠."

"계주님은 안에 계신가?"

신용석의 물음에 파수를 보는 중에서는 우두머리인 듯한 대한이 답했다.

"부계주님까지 다 계십니다."

"다행이군."

일행이 바깥채를 지나 중문을 통과하니 벌써 안까지 기별이 되었는지 세 사람이 장한들의 호위 속에 마중을 나와 있었다. 그중에서 가운데 서 있던 27~8세쯤 되어 보이는 준수한 청년이 한 걸음 앞으로 나서며 두 사람을 반겼다.

"어서 오세요. 접장님, 부접장님!"

"오래간만에 뵙습니다, 계주님!"

그러자 계주라 불린 청년의 좌측에 서 있던 삼십 대 중반의 사내가 웃음기를 머금고 농을 건넨다.

"이 사람아, 이제 나는 보이지도 않는 겐가?"

"안녕하셨습니까? 부계주님!"

"너무 딱딱하군. 우리 사이에 언제부터 이렇게 격식을 갖췄지. 하하하……!"

그의 느닷없는 웃음에 분위기가 확연히 밝아졌다. 이에 계주라 불린 청년이 다시 한 번 나서서 말했다.

"자, 이렇게 아니라 어서 안으로 듭시다. 귀한 손님을 모셨다는데 밖에서 이러면 실례죠."

"고맙습니다."

신용석이 깍듯이 감사를 표하고 일행은 곧 바로 옆에 있던 사랑채로 향했다. 장쇠를 포함한 병호 일행까지 모두 안으로 들자, 곧 바로 계주라는 자에 의해 상견례가 시작되었다.

계주라는 자가 먼저 자신을 소개했고, 차례로 부계주 또한 자신을 소개했는데 중간 중간 신용석이 병호에게 들려준 정보까지 보태 그들을 소개하면 다음과 같았다.

계주는 올 27세로 현 이조판서로 재직 중인 정원용(鄭元容)의 서장자로 정충세(鄭忠世)라는 자였다.

또 신용석에게 농담을 걸었던 부계주는 현 형조참의 민치문(閔致文)의 서자 민휘(閔輝)로, 금년 나이 35세였다.

또 하나의 부계주 오민(吳敏)은 금년 24세로 현 경상좌도 수군절도사 오일선(吳一善)의 서자였다. 그러고 보면 다 명문의 자식들이나 한결같이 서자라는 공통점이 있었다.

곧 병호의 소개할 차례가 되어 그 자신이 나서려는데 신용석이 소개를 자청하고 나섰다.

"제가 모시고 온 분은 현 강경제일 객주 박춘보의 사위 겸 후계자로 김(金), 병(炳), 호(浩)라는 분으로, 현 안동 김문의 실세라 할 수 있는 김유근, 좌근 형제와는 9촌 지간이 되는 사이입니다."

"뭣이라고?"

신용석의 소개가 끝나자마자 민휘가 자리에서 벌떡 일어나 항상 휴대하고 있던 창포검을 즉시 뽑으려 했다. 이때였다.

"어허, 부계주님! 아무리 저분이 우리가 극도로 미워하는 안동 김문의 실세들과 당내지친이라 해도, 엄연히 신 접장이 모시고 온 손님이고 사람 나름이니, 그의 하는 말과 하는 양을 보고 검을 뽑아도 늦지 않소이다."

"소직이 너무 성급했습니다."

점잖지만 준열한 꾸짖음에 민휘가 급히 사과를 하고 자리에 앉자 병호가 좌중을 압도하는 큰 기침과 함께 발언에 나섰다.

"어험! 계주님의 밝기가 온 누리를 밝게 비추는 해와 같습
니다."

이렇게 상대방을 띄운 병호의 말이 이어졌다.

"본인이 이 자리에 서는데 주저함이 없었던 것은, 나와 여러
분들의 품은 뜻이 다름없다는 것을 신 접장으로부터 들어 익
히 알고 있었기 때문이오. 즉 내가 품은 뜻을 한마디로 정의
한다면, 온 조선이 신분의 귀천이 없고, 온 백성이 두루 잘 사
는 나라를 만드는 것이오. 헌데 민 부계주가 나를 의심해 검
을 뽑으려 한 것과 같이, 나 또한 여러분들의 출신을 보고는
의심이 드는 것도 사실이오. 아무리 귀하들이 서자들이라 하
나, 정조가 서자들을 검서관으로 임명한 이래, 서자들도 전과
는 대우가 다른 것으로 아오. 헌데 하나같이 명문가 출신인
당신들이, 이런 계의 우두머리가 되었다는 것에 의혹을 금치
못하겠소. 누가 나의 이 의문을 해소해 주겠소?"

"내가 답변하리다."

병호의 말에 즉각 앞으로 나선 자는 계주 정충세였다.

"우리의 처지가 좀 더 깊이 들어가면 한결같을 수는 없지만,
나 같은 경우는 가문과 또 부친의 처신과 관계가 있소… 즉."

여기서 말을 끊고 좌중을 한 바퀴 둘러본 정충세의 말이
이어졌다. .

"안동 김문이 이렇게 긴 세월 큰 세도를 부리를 수 있었던 것은, 세도가는 아니나 조선조에서 가장 많은 정승을 배출한 가문인, 우리 동래 정 씨와 같은 명문가의 지원도 크게 작용했소. 본디 우리 동래 정 씨는 김상용과 김상헌이 정, 유 자, 길 자의 외손이었던 까닭에, 시종 안동 김문과는 긴밀한 관계를 유지해 왔소."

다시 한 번 좌중을 둘러본 정충세의 발언이 계속되었다.

"여기에 부친의 처신은 또 어떠하오? 내가 누차 안동 김문과의 관계를 청산하라고 고언을 드려도, 들은 척도 안 하시는 것은 물론, 한발 더 나아가 다른 유수의 가문 사이에서, 교묘한 줄타기까지 하시니 실로 통분을 금치 못했소. 여기에 나의 신분이 서자인 까닭에, 귀하와 같이 큰 뜻을 품고 있어도, 그 뜻을 이뤄내기에는 한계가 있다고 판단하여, 작금 모임에 주동적인 역할을 하게 된 것이오."

"하면 당신들의 최종 목적이 무엇이오? 역성혁명이오? 아니면 개혁에 걸림돌이 되는 몇몇 가문과 대신들을 척살하는 것이오?"

병호의 물음에 정충세가 곧장 답변을 했다.

"역성혁명까지는 어렵다고 보고, 후자요."

"몇몇 가문과 걸림돌이 되는 대신들을 척살한다고 당신들의 뜻이 이루어지겠소?"

"경종을 울린다면 한결 나아지리라 판단하고 있소."

"흐흠……! 내가 보기에는 너무 뜨뜻미지근하오. 자, 그럼, 내 계획을 한번 들어보시겠소?"

이렇게 시작된 병호의 장광설이 자그마치 1각 동안 이어졌다. 하지만 어느 하나 지루함을 느끼지 못했고, 그 엄청난 계획에 시종 긴장의 끈을 놓지 못하는 것은 물론, 모두 가능성 있는 이야기에 중간에 질문 한 번 없었다.

아무튼 병호의 말이 끝나자마자 계주 정충세가 자리에서 벌떡 일어나는가 싶더니 엎드려 청했다.

"부디 우리 모임을 이끌어 주십시오."

"험, 험……!"

급히 돌아앉아 그의 절받는 것을 피한 병호의 목소리가 준열해졌다.

"내 계획을 들어보고도 그런 말이 나오오? 나를 어찌 한가하게 이런 모임에 묶어두려 하오? 쉼 없이 뛰어도 계획을 달성하기 힘든 판에."

"우리의 생각이 짧았습니다. 하면 고문 정도는……?"

"험, 험, 고문의 역과 지위는 어떻게 되는 것이오?"

"고문은 계주의 위이나, 평상시에는 계를 떠나 마음대로 활동하시되, 때로 우리의 자문에 응하시거나, 우리에게 조언 내지는 명령을 하달하실 수 있는 위역(位役)입니다."

"험, 험, 그 정도라면 굳이 마다하지는 않겠소."

"고맙습니다. 고문님!"

급히 부복하는 정충세를 따라 두 부계주는 물론 신용석과 강철중까지 가세를 하니, 한편에서 이를 지켜보던 이파와 장쇠마저 제 일인 양 뿌듯해했다.

"그만들 일어나오. 헌데 한 가지만 물읍시다. 전국에 조직원은 몇 명이나 되오?"

곧 정충세의 답변이 길게 이어졌다.

"말단 현까지 없는 곳이 없으며 3만 명이 조금 넘습니다. 따라서 계원들을 부양하는 일이 보통이 아니라서, 남들이 보기에는 아주 천한 일이나, 심지어 손가락질 받는 일까지 서슴없이 행하고 있어, 좋은 평판은 듣지 못하고 있습니다. 헌데 고문님의 계획에 따르면, 이런 악폐가 머지않아 근절될 것 같아, 뿌듯한 마음 금할 길이 없습니다."

"좋소! 지금부터 내 첫 사업을 도와줬으면 고맙겠소."

"말씀만 하시죠. 고문님!"

생각을 가다듬은 병호가 자신의 계획을 말하기 시작했다.

"내가 알기에 궁중의 궁녀들도 나이가 들면 궁에서 물러나 바깥에서 생활하는 것으로 알고 있소. 그런즉 소주방에 근무했던 은퇴한 궁녀 중 음식 솜씨가 뛰어난 여인을 몇몇 섭외하여, 계원의 자녀 중 음식 솜씨가 있는 여아들을, 한 100명쯤

선발하여 배우게 하는 것이오."

"그 많은 숙수들을 무엇에 쓰시려 하십니까?"

지금까지 말이 없던 부계주 오민의 물음에 병호가 웃음을 머금고 답했다.

"내 계획을 좀 더 들어보면 그 안에 답이 있을 것이오."

모호하게 답변한 병호의 말이 이어졌다.

"또 하나는 장악원 소속의 악공이나 춤 솜씨 좋은 체아 몇몇을 섭외해 주시고, 또한 기예에 뛰어난 명기(名妓)들도 모집하여 주시오. 병행하여 자색이 고운 여아들 위주로 기생 300명도 모집하여 주시면 나는, 이들을 통해 명기 300명을 배출할 생각이오."

"기생집이라도 열려고요?"

부계주 민휘의 물음에 고개를 끄덕인 병호가 힘주어 말하기 시작했다.

"나는 일반적인 시시한 기생을 양성하려는 것이 아니요. 그야말로 일류 기생으로 선비들과 대화가 통하는 것은 당연하고, 또 금기서화는 물론 춤과 노래도 빼어나 뭇 사내들의 혼을 쏙 빼놓을 명기들을 만들려 하는 것이오."

"하면 그들을 통해 드나드는 고관들로부터 고급 정보를 입수하자는 것입니까?"

"절반만 맞추었소."

"네?"

질문한 정충세가 반사적으로 묻자 병호가 답변을 해주었다.

"돈도 벌고 그녀들을 하나씩 권문세가 양반들의 첩으로 들여, 그들이 기방 출입을 하지 않아도 고급 정보를 획득하려 하오. 하니 가급적 계원의 자녀들로 선발하되 무조건 자색은 고와야 되오."

"하면 우리 계원들의 정보도 필요하겠습니다?"

계주 자리는 아무나 앉는 것을 증명이라도 하듯 민활하게 돌아가는 머리의 소유자 정충세의 질문에 병호가 거침없이 답했다.

"당연하죠. 그래야 나라에서 제2, 제3의 여러분들에 대한 탄압이 기도되어도 재빨리 대처할 수 있음은 물론, 우리가 원하는 대로 정국을 끌고 갈 수 있는 것이오."

"허허, 거참……!"

정충세가 감탄한 듯 탄성을 토하는 반면에 민휘는 무엇이 마음에 들지 않는지 퉁명스럽게 물었다.

"우리가 홀대받고 사는 것도 서러운데, 우리의 자녀들까지 굳이 기생으로 만들어야 되는 것에는 솔직히 회의적입니다."

그의 말에 표정을 굳힌 병호가 엄숙한 투로 답변에 나섰다.

"부계주가 내 뜻을 아직 모르거나 곡해한 것 같소. 나는 기

생이라 해서 헤픈 웃음이나 파는 천박한 기생을 원하는 것이
아니요. 요정(料亭)이라는 조선 최고급 음식점에서, 그들이 술
과 식사를 즐기는 동안의 상대역으로, 교양을 겸비한 최고급
해어화(解語花)를 원하는 것이오."

"하면 술과 음식을 파는 생소한 요정을 만들어, 우리가 양
성한 기생을 고용한다는 말씀이십니까?"

정충세의 물음에 곧장 수긍한 병호의 말이 이어졌다.

"그렇소. 따라서 요정을 차리기 위한 1결(3만평) 정도의 넓
은 용지와 기생 300명을 가르치고 머물 숙사, 또 숙수 100명
이 가르침받고 머물 집 또한 필요하니 이것부터 마련해 주시
오. 물론 그 대금은 내가 모두 지불할 것이오."

"허허, 기생과 숙수들이 교습받을 공간은 그렇다 치더라도
1결이라면 어마어마한 넓이인데, 요정치고는 그 규모가 우리
의 상상을 절하는구려."

"물론이오. 나는 앞으로 이 요정을 한양만이 아닌 평양, 전
주, 대구(달성), 강경 등 대도회에 차례로 세워 나갈 것이니, 영
구히 쓸 수 있는 터와 건물이야 할 것이오."

"좋습니다. 우리의 계원 중에는 집주름(오늘날의 복덕방)을
영위하는 자들도 많으니 빠른 시일 내에 알아보도록 하죠."

"병행하여 아까 내가 말한 가르침을 내릴 사람도 섭외하고,
기생과 숙수도 모집하여 주시오."

"알겠습니다."

정충세의 답변에 고개를 끄덕인 병호가 바로 아직 소개를 못한 이파를 소개했다.

"만약 나의 부재 시 나를 대신하여 의논할 사람을 소개하겠습니다. 이 서기 인사드리시게."

"네, 저가!"

곧장 대답한 이파가 자리에서 벌떡 일어나 자신을 소개했다.

"강경 여각에서 서기를 맡아보고 있는 이파라 합니다. 앞으로 잘 부탁드리겠습니다."

"우리가 할 말이오."

이파가 정중히 고개를 숙이자 정충세 이하 세 사람도 맞절 형식으로 각각 고개를 숙여 예를 표했다. 그들의 정식 인사가 끝나자 병호는 곧 장쇠를 전면에 내세워 소개를 했다.

"여기는 내 심부름을 전담해 줄 충복 장쇠라 하오."

"잘 부탁드리겠습니다."

"잘해 봅시다."

비록 장쇠의 신분이 노비라는 것을 알았으나 정중히 답한 정충세가 곧장 호기롭게 외쳤다.

"오늘과 같이 경사스러운 날 어찌 술이 빠질 수 있는가? 밖에 게 아무도 없느냐?"

"네, 계주님!"

"술상을 좀 내오거라."

"네, 계주님!"

곧 한 사람이 안채로 뛰어가는 기척이 들리고, 장내는 잠시 기생, 요정, 숙수, 여타 터나 집 이야기로 소란스러웠다.

잠시 이를 지켜보던 병호가 다시 손을 들어 좌중을 침묵시켰다. 그리고 미처 하지 못한 말을 했다.

"이왕 집을 알아보는 길에 내가 한양에 머물 동안 거주할 집도 알아봐줬으면 좋겠소이다."

"이 집에 나와 함께 거주하는 것은 어떻습니까?"

정충세의 말에 병호가 오히려 질문을 던졌다.

"이 집이 계주님의 것입니까?"

병호의 물음에 갑자기 정충세의 표정이 침울해졌다. 그런 그가 그 표정 그대로 입을 떼었다.

"일생을 청빈하게 사셨고 앞으로도 그렇게 사실 분이 제 부친이십니다. 그런 분이 서자인 저를 불쌍히 여기셔서, 어렵게 장만해준 집이 또한 이 집입니다. 그런 부친의 사랑을 생각하면 숙연해지나, 그럴수록 저는 조선이 좀 더 부강하는 것은 물론이고, 민초들이 신분의 질곡에서 벗어나, 보다 편안하게 살 수 있는 나라를 만들어야 된다고 다짐을 하곤 합니다."

"계주님의 뜻이 장하고, 옳소!"

병호의 칭찬 때문인지, 자신의 심정을 토로하고 나니 한결 가벼워져서인지, 정충세가 한결 밝아진 표정으로 병호에게 말했다.

"아직 종전의 답변을 듣지 못했소이다."

"아니오. 교토삼굴(狡□三窟)이라고 한 곳에 몰려 있는 것은 택할 바가 아닌 것 같소."

"역시 우리와는 생각의 차원이 다르십니다."

정충세의 말에 빙긋 웃음으로 답한 병호가 또 하나 궁금한 사항을 그에게 물었다.

"장가는 드셨소?"

"이런 일에 나서자면 홀몸이 가장 좋을 듯해 한동안은 버텼으나, 끝내는 부친의 강권에 어쩔 수 없이 작년 봄에 아내를 맞아들였소이다."

말없이 고개를 끄덕인 병호가 또 하나 궁금한 것을 물었다.

"부계주님들도 거처가 이곳이오?"

"아닙니다. 우리의 거처는 각각 따로 있습니다. 오늘은 정기 회합이 있는 날이라 모인 것뿐입니다."

오민의 대답에 병호가 농담조로 말했다.

"하면 내가 날은 잘 택한 것 같소."

"하하하……! 그렇습니다."

잠시 일동의 웃음이 그치길 기다린 병호가 또 다른 제안을 했다.

"내가 듣기로 우리의 계원 중에는 어떻게든 기생집과 연관을 맺고 사는 사람들도 상당 수 있는 것 같소. 여기에 우리가 진출하려는 요정업이 기생들과는 떼려야 뗄 수 없는 업종이니, 기왕 기생들과 연을 맺는 것이라면, '권번(券番)'이라고, 기생들의 권익 향상을 위해 일종의 노동조합을 결성하는 것은 어떻겠소?"

"보다 구체적인 말씀을 부탁드립니다."

정충세의 말에 병호는 자신이 계획을 상세히 들려주기 시작했다.

"천한 직업에 종사하는 기녀들이다 보니 손님으로 온 양반이나 여타 몰지각한 손님, 때로는 업주로부터 부당한 행패나 횡포를 당하는 것이 비일비재할 것 같소. 따라서 우리같이 무력을 가진 조직이 그들을 우리 휘하에 끌어들여, 그들을 부당한 손님의 행패나 폭력… 또 업주의 횡포로부터 적극 보호해주자는 것이지요. 여기서 분명 한 가지 명심할 것은 그렇다고 양반을 치거나 저항해서는 안 되오. 큰 사달이 날 것이니 그들에게는 비폭력으로 맞서야 하오."

"그렇게 해서 우리가 얻는 것이 무엇입니까?"

민휘의 물음에 병호가 즉답했다.

"정보와 약간의 보호세."

"허, 그것도 좋은 방법입니다. 여러 곳에서 취득한 정보가 많으면 많을수록 좋으니까요."

이 말을 받아 지금까지 경청만 하고 있던 이파가 끼어들었다.

"그 많은 정보를 모아도 적시에 수용하지 못하거나 걸러내지 못하면 무용지물이지 않습니까? 따라서 이를 거르고 판단할 상위의 정보 요원들의 모집도 필요할 것 같습니다."

이파의 제안에 병호가 즉각 답변에 나섰다.

"옳은 말이오. 따라서 그런 사람들을 모집하되, 이 또한 경험이 있는 사람이어야 하니, 포청이나 의금부 출신의 중간 관리자들을 섭외하는 것이 좋겠소. 어디 마땅한 사람이 없겠소?"

"찾아보겠습니다. 고문님!"

정충세의 답변에 병호가 만족한 듯 고개를 끄덕이는데 헛기침 소리와 함께 문이 열리며 술상이 들어오기 시작했다. 그런데 들어오는 것이 양반을 흉내 내는 것인지 각각 개다리소반에 차려진 독상인지라, 상을 찡그린 병호가 한마디했다.

"우리가 양반들을 터부시… 험, 험… 죄악시하면서 그들의 행동을 따라하는 것도 우습지 않소. 내가 볼 때는 큰 교자상 하나에 상하 없이 둘러앉아, 오순도순 이야기꽃을 피우는 것도 좋은 방안의 하나같은데, 의중들이 어떻소?"

"아주 좋은 생각이십니다. 고문님!"

모처럼만에 민휘가 긍정적인 답변을 했다. 아무튼 이렇게 이들의 술자리가 시작되었고, 이들은 본격적으로 대작을 하며 검계의 발전 발향에 대해 논의를 거듭했다.

이렇게 해서 내려진 또 하나의 결론은 모처에 안가 하나를 만들어, 그곳에 해당 정보 요원들을 모아놓고 들어오는 정보를 분석하는 한편, 필요한 정보는 즉시 연락책을 정해 부계주 이상의 지도부에 알리도록 했다.

그리고 아예 정보를 총괄할 조직 하나를 창설하기로 하고, 그 조직의 이름을 '비림(秘林)'이라 명명했다. 또 그 수장에는 병호의 추천으로 이파가 임시로 앉기로 했으며, 적임자가 있으면 물려주고 아니면 계속 그 자리를 유지토록 했다.

또 병호는 만장일치로 비림의 고문에 추대되어 이 조직에도 관여를 하게 되었다. 비림이나 검계에서 병호의 위치는 말이 고문이지, 실제 이들이 예우하는 것을 보면 최고 수장의 지위였다.

이렇게 가을밤이 깊어가고 섬돌 밑에서는 밤새 귀뚜라미가 울었다.

다음 날.

병호는 이날 해가 중천에 뜨도록 깊은 잠에 취해 있었다.

어제 밤 과음을 한 탓이었다. 이 생에 와서 술을 마셔본 적이 몇 번 없었던 병호는 아직 자신의 주량도 잘 몰랐다.

그런 데다 주변 사람들이 권하는 대로 술을 마시다 보니 두 동이의 술 중 절반은 그가 마신 꼴이 되어 흠씬 취해 잠이 들었다. 그 여파는 늦도록 잠을 자게 했고, 이파가 흔들어 깨우는 바람에 일어나 앉으니 골이 빠개질 듯 아파왔다.

"괜찮으십니까?"

"아, 골도 아프고 갈증은 왜 이렇게 나는지……."

"그러실 만하죠. 한 동이의 술은 드신 듯하니……."

"그런데 밖이 왜 이리 소란스럽소?"

"이사 중입니다."

"응? 갑자기 이사는 왜?"

"이 집을 저가께서 쓰시라고 비우는 중입니다."

"무슨 그런 말이 있어? 내가……."

"압니다. 하지만 어제 저가께서 토로하신 계획으로는 김유근, 좌근 형제의 집과 가까이 있어야 될 것 같아서, 정 계주가 집을 비우기로 작정하신 것입니다."

"하면 두 형제의 집이 이 부근인가?"

"김조순이 장동에서 이곳 교동(校洞)으로 이사한 이래, 그의 아들인 김유근과 좌근 역시 차례로 모두 교동으로 이사와, 이웃에 살고 있다고 저들이 말했습니다."

고개를 끄덕인 병호가 이제야 생각이 미치는 것이 있어 물었다.

"참, 그들은 당장 집이 어디서 나서 이사를 한다는 게지?"

"확실히 이들이 정보는 밝은 것 같습니다. 아침나절 바로 집을 구했습니다."

"허허, 그런 일이……."

잠시 천장을 보고 생각에 잠겼던 병호가 다시 이파에게 말했다.

"고마운 일이니 호의로 받아들이지만, 우리가 그냥 있어서는 안 되지. 시중의 집값을 알아봐서 넉넉히 쳐주도록 하고, 혹시 그의 부친이 물으면 곤란해질 수도 있으니 매매계약서도 한 통 충실히 작성해 놓도록."

"알겠습니다. 저가!"

"그리고 하나 더. 김유근, 좌근 형제의 근황도 좀 파악해줘. 물론 저들을 동원하는 게 좋겠지."

"곧 시행하도록 하겠습니다, 저가! 더 하명하실 일은 없습니까?"

"당장은."

"알겠습니다. 그럼, 이만!"

정중히 고개를 숙여 보인 이파가 나가자 병호는 혼자 탄식했다.

"참으로 절묘하군, 절묘해! 호랑이 굴속에 둥지를 틀다니 말이야."

그들이 미워하는 권문세가 김유근과 김좌근 집 부근에 계주의 집이 마련되었다는 것에 병호는 찬탄을 금치 못했다.

곧 자리에서 벌떡 일어난 병호는 윗목에 준비된 냉수 한 사발을 벌컥벌컥 다 마시고, 밖에 대기하고 있는 장쇠를 불러 세숫물을 가져오도록 했다. 곧 세숫물이 들어오자 대충 세면을 마친 병호는 의관을 정제하고 밖으로 나서려는데, 헛기침 소리와 함께 정충세와 이파가 방으로 들어왔다.

"고맙소이다."

"별말씀을요."

병호의 정중한 인사에 정충세도 정중하게 받으며 물었다.

"편안히 주무셨습니까?"

"편안할 턱이 있나요? 어제는 너무 과음을 한 것 같습니다."

"하하하……! 그래도 말술은 말술이십니다."

그의 말에 겸연쩍은 표정을 지은 병호가 갑자기 생각나는 것이 있는지 자신의 생각을 말했다.

"어제 내가 말한 비림의 안가 말이오."

"네."

"내 생각으로는 나무는 숲에 숨기라고 떠들썩한 시장통에 안가를 마련하는 것이 어떻겠소? 하고 나는 그 대안으로 여각을 세 채 정도 신축하고 싶소."

병호의 말을 들은 이파가 즉각 나섰다. 정충세가 어떤 반응을 보이기도 전이었다.

"저가께서 말씀하시는 여각은 범인이 생각하는 일반 여각과는 근본적으로 다릅니다. 말하자면 방 한 칸에 십여 명이 자는 것이 아니라, 한 칸에 많아야 두 명을 재우게끔 운영하는 것으로, 독채도 몇 채 짓게 되는데 기왕이면 독채를 한두 채 더 지어, 그곳을 비림의 안가로 사용했으면 좋겠다는 의견이십니다."

확실히 이파가 뛰어난 인물이긴 인물이었다. 한마디 하니 즉각 그의 의중을 헤아리고 알려줄 정도니 말이다. 아무튼 이파의 말에 고개를 끄덕인 정충세가 말했다.

"사람이 수없이 드나드는 여각이니 비림의 요원이 수시로 드나들어도 큰 의심을 피할 수 있어 좋겠네요. 참으로 탁견이십니다."

정충세의 칭찬이 쑥스러운지 병호가 헛기침을 하며 급히 물었다.

"험, 험! 매매계약서는 작성하셨소?"

"방금 이야기를 들어 아직……."

"나가다 만난 길이라 미처 대금도 드리지 못했습니다."

"대금이라니요?"

"그런 게 있소."

보아하니 이파는 아직 대금에 대해서는 일절 언급을 하지 않은 모양이었다. 그런 것을 정충세가 꼬치꼬치 묻는 것이 싫어 병호는 급히 화제를 전환했다.

"김유근, 좌근 형제의 집이 이 부근인 모양인데, 그들 형제의 근황은 어떻소?"

"김유근은 풍으로 반신불수가 되어 말도 못하고 드러누운 지 2년이나 됐고, 좌근은 지난달에 규장각 직각(奎章閣 直閣)으로 발령이 나서 출근을 시작했으니, 아마 이제 본격적으로 그의 시대가 열리지 않을까 생각됩니다."

"허허, 그런 일이 있었소? 유익한 정보였소."

병호 자신의 계획에는 분명 유근이 풍으로 드러눕는 상황을 알고 계획이 짜여 있었다. 하지만 그런 일을 발설할 수는 없는 일인지라 그냥 놀란 척한 것이다.

병호가 이들에게 자신의 이야기할 때도 분명 그들에게 접근한다는 계획이 포함되어 있었으나, 그때는 양지홍을 이용한 계략으로 이야기를 했었다. 아무튼 역사가 자신이 알고 있는 대로 진행되고 있자. 더욱 고무된 병호가 다시 입을 떼었다.

"여각도 세 채 지어야 하고, 대규모 요정을 짓자면 공사를 맡아할 대목이나 여타 인부들이 대량 필요할 텐데, 이 공사에 동원되는 역부(役夫: 일꾼)는 가급적 우리 계원을 우선 채용하는 게, 그들의 생계를 위해서라도 좋을 것 같소."

"고마우신 말씀입니다. 그대로 시행하겠습니다."

겪어보면 겪어볼수록 하는 행동이나 언사가 범인과 같지 않으므로 정충세는 더욱 승복하는 마음이 되어 머리를 조아렸다. 그런 그를 말없이 바라보던 병호가 다시 물었다.

"판관 남구순(南久淳)의 자제로 남병철(南秉哲)이라고, 수학에 뛰어난 천재라는데 혹시 알고 있소?"

"효장세자의 사부(師傅)를 지내 유명한 남유상(南有常)의 증손을 어찌 모를 리가 있겠습니까? 말씀대로 수학에 뛰어나기도 하지만 박식하기도 하고 문장에도 능해, 벌써 작년 정시문과(庭試文科) 병과에 합격해 출사했습니다."

"허, 허… 인재는 인재인 모양이구려. 그런 인재가 우리 사업을 도와준다면 참으로 좋겠는데, 방법이 없겠소?"

"글쎄요……?"

정충세가 고개를 갸웃하는데 이파가 자신의 생각을 말했다.

"그의 성정을 알아야 방법을 강구할 수 있을 것 같습니다."

"좋소. 하면 오늘 당장에라도 그에게 감시를 붙여 그의 성정은 물론 일거수일투족을 빈틈없이 파악하는 게 어떻겠소?"

"일단은 그 방법이 좋겠습니다."

"또 한 가지. 내 상행을 하면서 절실히 느끼는 것이오만 화원(畵員)이 필요하오. 내 계획을 설명하는 자리에서 말한 바 있는 염전 같은 경우도 말이 아닌, 곁에 화원이 있었다면 그림으로 그려 보여줬으면 이해가 훨씬 쉬웠을 것이오. 이밖에 내가 새 제품을 구상할 시, 말보다는 그림으로 보여주면 이 또한 이해가 빠를 것이오. 그러나 나에게는 그림 그리는 재주가 없으니, 화원 하나를 구해주면 아예 수행원 삼아 데리고 다닐 작정이오."

"음……! 또래면 더욱 좋겠죠?"

"내 나이 또래에 뛰어난 화원이 있을까?"

"고문님을 생각해 보십시오. 누가 그 나이에 그런 생각을 하며, 육십 먹은 노인처럼 노회하게 사람을 다룰 줄 알겠소? 제가 소개하려는 사람은 약포를 운영하는 이제 14세의 소년이라고 해야 하나요? 허나 그 약포에 걸린 그림이 얼마나 뛰어난지 보는 사람마다 감탄을 금치 못하오. 해서 들른 손님 누구나 하는 말이 재주가 아까우니 당장 약포 때려치우고, 그림에 전념하라는 말입니다. 그러나 목구멍이 포도청이라고 그 소년 또한 생계유지를 위해 어쩔 수 없이 약포를 운영하고 있죠. 조실부모한 데다 주변에 그를 도와줄 경제적 능력자도 없으니 그런 것이 아닌가 합니다."

"허허, 정말 그런 사람이 있다면 구미가 당기오. 하루라도 빨리 만나보고 싶소."

"저녁나절에는 한 번 뵐 수 있도록, 자리를 마련하도록 하 겠습니다."

"고맙소."

"별말씀을. 자, 그럼……! 지시한 사항이 너무 많아 헷갈리 기 전에……."

추가 지시가 있을까봐 꽁무니를 빼는 정 계주를 보며 헛웃 음을 짓던 병호가 한 옆에 서서 생각에 잠겨 있는 이파에게 말했다.

"내 잊을까 그러니, 이 서기는 장인이 말한 경쾌순(景快順)이 란 작자에 대해 수배를 해보고, 또 2천석 배를 지을 수 있는 조선장(造船匠)도 한번 알아봐 주시오."

"잊지 않고 시행하도록 하겠습니다. 저가!"

말과 함께 정중히 고개를 조아린 이파 또한 병호가 지시한 사항을 이행하려는지 곧 등을 돌려 사라졌다.

이날 저녁 무렵.

이파가 제일 먼저 귀가해 자신이 행한 일을 보고했다.

"저가께서 지시하신 이 집에 대한 지불 건은, 정 계주가 안 받으려는 것을 억지로 400냥을 안겨 해결했고, 또한 매매계약 서도 두 통 작성하여 한 부는 가져왔습니다."

"수고하셨소. 헌데 400냥이 적절한 가격이오?"

"시세를 알아보니 보통 한양의 와가 한 채 값이 300냥 전후 였습니다. 그러나 이 저택은 그보다 갑절 이상 크나, 너무 낡아 값을 좀 깎아 400냥 시세를 쳐준 것입니다."

"조금 더 쳐주지 그랬소?"

"우리가 정 계주와는 상부상조하는 사이이나 엄연히 우리는 장사치입니다. 또한 너무 후한 가격도 그들을 동정하는 것이 되어, 결례라는 생각에 적당한 금을 쳐준 것입니다."

"똑 부러지는군!"

"좋게 봐주셔서 감사합니다."

이렇게 두 사람이 훈훈한 분위기를 연출하고 있는데 두런두런 말소리가 들리는 것 같더니 장쇠가 고했다.

"계주님 납시셨습니다."

"들라고 하시게."

"네, 도련님!"

곧 오늘날의 노크와 같은 역할을 하는 정 계주의 헛기침 소리가 들리는 것 같더니, 그가 희멀쑥한 소년 하나를 데리고 방으로 들어왔다.

"내가 말한 그분이시니 뵙도록 하시게."

"네!"

정충세가 소개를 하는 동안 병호는 예리한 눈으로 14세 전후의 소년을 훑어보았다. 나이에 믿기지 않게 키가 상당히 컸으나 얼굴은 그야말로 그림 속에서 금방 빠져나온 듯 관옥같이 준수했다. 누가 자신과 그를 동시에 세워놓고 비교한다면 난형난제라 할 만큼 준미했던 것이다.

아무튼 큰절 올리는 소년을 묵묵히 바라보던 병호가 그가 절을 끝내자 위엄 있는 목소리로 물었다.

"약포를 운영한다고?"

"네, 저가!"

"어디서 나에 대해 주워들은 것이 있는 모양이군."

"제가 귀띔을 좀 해주었습니다, 고문님!"

정충세의 말에 고개를 끄덕인 병호가 다시 그 소년에게 물었다.

"금년 나이가 몇 인고?"

"열넷이옵니다."

"이름은?"

"전재룡(田在龍)이라 하옵니다, 저가!"

제7장
세교(勢交)上

"약포를 운영하고 있다면 중인 신분인가?"

"그렇사옵니다."

"만약 내가 그림에 전념할 수 있게 해준다면. 내 지근거리에 머물 생각이 있는가?"

"거기에 더하여 한 가지 청이 있사옵니다."

"말씀해 보시게."

"추사 대감으로부터 소인의 그림에 대한 품평을 받을 수 있게 해주시고, 만약 그 어른의 평가가 박절하지 않아 배움의 기회를 주신다면, 수시로 그 문하에 들락거리며 더 많은 배움을 얻고자 하옵니다. 저가!"

"흐흠……! 그렇다는 말이지?"

병호가 생각하는 그의 쓰임은 항상 측근에 붙어 다니며 자신이 지시한 사항을 이행하는 것이다.

그런데 그의 소원을 들어보니 더 많은 배움의 기회를 얻고자 하고 있었다.

그렇게 되면 자연적으로 곁을 많이 비울 수 없을 것 같다. 이에 갈등이 일어 병호가 수염도 없는 턱을 쓰다듬으며 생각에 잠겨 있는데 그가 말했다.

"하옵시면 소인의 아우 둘을 더 소개시켜 소인이 없는 공백을 메우도록 하겠사옵니다. 저가!"

"내가 보기에는 그대도 어린데, 그대의 아우들이라니?"

"하나는 이제 열두 살, 또 하나는 이제 열 살이지만, 벌써부터 그 재주가 발군이라, 꽤 오래전부터 교류해 오고 있는 사이이옵고, 소인보다 나이 많은 사람도 가납하신다면, 제가 스승삼아 모시고 있는 분도 소개해 올리도록 하겠사옵니다. 저가!"

'이 모든 것이 배움의 열망에서 나오는 소리 아닌가?'

병호는 내심 감탄하며 그의 뜻을 들어주기로 하고 입을 열었다.

"허한다. 단 네가 말한 세 명 모두 나에게 선을 보여야 할 것이야."

"명심하겠사옵니다. 저가!"

"잠시 나가 있게."

"네"

그가 밖으로 나가자 병호가 정충세에게 작은 목소리로 물었다.

"얼마를 주기로 약조를 했기에 저 아이가 저렇게 적극적으로 나오는 것이오?"

"금액을 약조한 것은 없사옵고, 단지 고문님의 품성이 넉넉하고, 네 노력 여하에 따라서는 네 재주를 얼마든지 후원해주실 수 있는 분이라는 귀띔은 해주었습니다."

"하하하······! 그새 나라는 인간을 다 파악했군."

병호의 대소에도 불구하고 정충세는 심각한 얼굴로 말했다.

"고문님, 한 가지 근심이 있습니다."

"무슨 일인데 그렇게 심각한 표정이오?"

"고문님의 신변입니다."

"왜 내 주변에는 신, 강 두 호위 무사가 있질 않소?"

"그들은 충청도 접장과 부접장이라 한양에 오래 머무를 처지가 못 됩니다."

"그건 안 될 말. 나는 나와 한 번 인연을 맺은 사람은 절대 저버리지 않는 사람이오. 하니 다른 사람을 충청도 접장과 부접장으로 발령을 내, 나를 언제까지라도 그들이 수행할 수 있도록 해주오."

"허허, 이런 난감할 데가……?"

잠시 고민하던 정충세가 다시 입을 떼었다.

"정 그러시다면 뜻대로 해드리겠습니다. 하지만 두 명의 호위 무사는 측근에 더 거느려야겠습니다. 이건 절대 양보할 수 없는 사안이니 알아서 하십시오."

"고맙소. 계주께서 나를 위해 그렇게 강경하게 나오시는 것을 잘 아니, 그 마음 그대로 받겠소이다."

"약조하셨습니다?"

"하하하……! 물론이오!"

이렇게 되어 병호는 측근에 두 명의 호위 무사를 더 거느리게 되었다. 이후 정 계주와 이파, 병호 등 삼인이 때 이른 저녁을 들며 이런저런 이야기를 하다가 정충세가 먼저 자리를 떴다.

그러고 나니 덜렁 남은 두 사람이 있었다.

알고 보니 정 계주가 새로 병호의 호위로 붙여준 자들로, 직전까지 정 계주가 데리고 다녔던 호위 무사들이었던 것이다.

이에 병호가 쫓아나가 사양하려 했으나, 그의 걸음이 얼마나 날랜지 그의 그림자도 찾을 수가 없었다. 할 수 없이 병호는 새삼 그들의 인사를 받게 되었다. 그들을 이 자리에서 소개한다면 다음과 같았다.

한 명은 두원상(杜原象)이라는 자로, 보통 사람들보다는 머리 하나는 더 커 장쇠와 어금버금할 정도의 키였다. 그러나 장쇠와 달리 옆으로도 떡 벌어져 보기만 해도 기가 질릴 정도로 위압감을 풍기는 사내였다.

또 한 명은 미리내라는 이름의 제주 출신으로, 천애 고아인 까닭에 그 스스로 이름도 지었다고 한다.

보통 체격이나 마치 샛별처럼 두 눈이 반짝이는 것이, 은하수가 아닌 효성(曉星)이라는 이름이 더 어울릴 것 같은 사내였다.

한마디로 눈동자가 살아 있는 인물이었던 것이다. 둘 다 20대 중반이었다.

＊　　　＊　　　＊

다음 날.

전재룡은 새벽같이 두 소년을 데리고 나타났다. 자는 것을 두드려 깨워 데려왔는지, 작은 아이는 채 세수도 못한 듯 눈곱이 그대로 매달려 있었다.

이를 본 병호는 실소가 나왔으나 배움의 열망으로 이해하고 그들을 일단 방으로 들였다.

"춥다. 어서 안으로 들어오너라!"

"네, 저가!"

방으로 들어오자마자 전재룡은 조금 더 큰 아이를 가리키며 소개를 했다.

"이 아이는 유숙(劉淑)이라 하옵고, 올해 열두 살이옵니다."

유숙이라는 아이가 자신의 소개가 끝나자 쭈뼛거리며 인사를 했다.

"안녕하세요? 저가! 유숙이라 하옵니다."

"그래, 그래, 잘 왔다."

"이 아이는 유재소(劉在韶)라 하옵고, 올해 열 살이옵니다."

"안녕하세요? 저가!"

"그래, 잘 왔다."

"제 그림을 보아주시는 스승 같은 분은 멀리 출타 중이라 모시지 못해 송구하옵니다."

"그래 나중에 보기로 하고, 그런데 너희들 옷이 그게 뭐냐? 벌써 아침저녁으로는 무척 쌀쌀한데 말이야. 장쇠야!"

"네, 도련님!"

"아침밥 먹고 나면, 이 아이들 옷부터 어떻게 해봐."

"네, 도련님!"

이렇게 해서 병호의 집에는 이날부터 세 사람이 더 머무르게 되었다.

그로부터 사흘이 지난 아침 새참 무렵이었다.

병호는 호위 무사 네 명의 호위를 받으며, 이파와 장쇠를 데리고 김유근의 집을 찾아가고 있었다.

김유근은 당금의 왕, 환(奐: 헌종)을 수렴청정하고 있는 대왕대비 김 씨의 친오라버니로, 군권을 장악해 그 영향력이 막강했었다.

그러나 지금은 중풍으로 쓰러져 근 2년 가까이 투병 생활을 하고 있는 중늙은이에 지나지 않았다. 그런 집을 찾아가며 서기 이파는 지나가는 집마다 손가락질하며 그 집이 누구네 집인지 병호에게 알리기 바빴다.

"이 집은 김좌근이 사놓은 집이고요, 다음이 김좌근의 집, 그다음이 김유근이 양자로 들인 양아들 김병주(金炳湊)의 집이고요. 그다음이 우리가 찾아가는 김유근 영감 집입니다요."

"그러니까 우리가 살고 있는 집하고는 네 집 상관이로구료."

"그렇습니다. 저가!"

"내 이 집에 들어가면 한동안 집에 들를 수 없을 것 같으니, 중요한 일만 찾아와 보고하도록 하세요."

"그나저나 화원을 지망하는 세 아이는 어찌 합니까?"

"아, 그 아이들 셋 모두를 신치도로 데려가 조성된 염전을 있는 그대로 그려오도록 하세요. 하고 올 때는 반드시 소금 두 가마를 가지고 오는 것도 잊지 않도록 하고요."

"알겠습니다. 저가! 그나저나 옷가지며 음식 수발은……?"

"음식이야 그 집에서 안 주겠어요? 그러나 옷만은 매일 갈아입어야 하니 집에 있는 하녀를 통해, 아니 장쇠가 잠시 집에 들러 챙겨 오는 것으로 합시다."

"네, 저가!"

이렇게 대화를 나누다 보니 금방 김유근의 집에 도착했다.

"이리 오너라! 이리 오너라!"

장쇠의 부름에 쪽문이 빠끔히 열리며 젊은 하인 하나가 소리쳤다.

"누구시오?"

"은진 사는 김원행 할아버지의 고손자가 찾아왔다고 전해주시게."

"김원행? 고손자?"

중얼거리며 하인이 들어가고 병호 일행이 잠시 기다리니 다시 그 하인이 나타나 말했다. 여전히 쪽문을 살짝 열고 얼굴만 내민 채였다.

"그런 사람 모른다고 그냥 가시랍니다."

잠시 망설이던 병호가 '알겠다'고 답하고 바로 돌아섰다.

"그렇다고 그냥 돌아서요?"

"강제로 밀고 들어가면 약발이 전혀 먹히지 않지."

이렇게 대답한 병호는 그 길로 집으로 돌아와, 다음 날이면 쫓아가고 쫓겨 오는 짓을 여덟 번이나 되풀이했다.

그러는 사이 이파는 세 아이와 함께 잠시 강경으로 내려가 염전도를 그려왔으며, 신치도에서 생산된 소금도 두 가마를 가지고 왔다. 이에 병호가 세 아이의 그림을 살펴보니, 정말 사진을 찍어온 듯 정밀하게 그려와, 자신도 모르게 감탄을 쏟아냈다.

"정말 작업 현장을 눈으로 보는 듯 정밀하구나!"

몇 번이고 그림을 비교해가며 보던 병호가 세 아이를 향해 말했다.

"좋다! 명년에는 내 필히 추사 대감의 문하에 가서 강평을 받게 하는 것은 물론, 지도를 받을 수 있도록 힘쓸 것이니, 그동안 더욱 정진하도록!"

"감사합니다, 저가!"

눈물을 뚝뚝 떨어뜨리며 감사를 표하는 세 아이들을 잠시 흐뭇한 눈으로 바라보던 병호가 장쇠에게 소리쳤다.

"가자!"

장쇠는 어느새 지게에 소금 한 가마를 지고 병호가 출발하기를 기다리고 있었다.

병호는 곧 호위 무사 네 명의 호위를 받으며 다시 김유근의 집으로 향했다.

머지않아 김유근의 집 앞에 도착해 보니, 오늘은 여느 날과 상황이 달랐다.

아예 예의 그 하인 놈이 대문 밖에서 기다리고 있었던 것이다.

매일 이 시간에 오니 귀찮아서라도 쫓아 보내려고 기다리고 있었던 모양이었다.

"오호라! 오늘은 정 안 되니 선물이라도 가져오시는 모양이구려."

"에헴, 그렇네. 그러니 안에 들어가서 번거롭지만 대감님께 통기 좀 해주시게."

"그래도 안 될 것 같은 뎁쇼?"

"야, 이놈아! 내가 보자보자 하니, 이제 보이는 것이 없느냐? 양반이… 아니, 족친이 말하면 속히 들어가 아뢸 일이지……."

여느 날과 달리 서슬이 시퍼런 병호의 호령에 놀란 하인이 안으로 황급히 뛰어 들어갔다. 그런지 얼마 안 되어 그가 다시 되짚어 나와 말했다.

"들어오시랍니다."

"거봐, 내 말이 맞지?"

"선물이 아니라 정성이 지극해서라도 들여보내라는 말씀이 있었습니다."

"어쨌거나 보신다는 것은 맞지 않느냐?"

"따라오세요."

병호는 곧 무거워 보이는 장쇠를 앞세우고 들어가며 호위 무사 네 명을 바라보고 말했다.

"이제 이 집에 들어가면 최소 몇 개월은 있게 될 것이니, 그 동안은 집에서 편히 쉬고 있도록."

"그럴 수 없습니다. 우리의 소임은 어디가나 고문님의 신변을 안전하게 지켜드리는 것입니다."

대표로 뻗대는 신용석에게 병호는 오히려 사정을 해야 했다.

"그럼, 한 사람씩만 돌아가며 지키도록."

"정 그러시면 두 명이 돌아가며 모시도록 하겠습니다."

"알았네, 알았어!"

더 이상 실랑이 벌이기도 싫은 병호는 그들의 뜻에 따르기로 하고 앞서간 하인을 따라가다 보니 어느덧 김유근이 투병 중인 사랑채에 도착해 있었다.

곧 문이 활짝 열리며 18세 전후의 하녀가 병호를 향해 말했다.

"들어오시랍니다."

"고맙네."

하녀에게도 깍듯이 인사를 차린 병호가 문 안으로 들어서니, 확 끼쳐오는 냄새에 인상부터 일그러지는 것을 참느라 무진장 애를 써야 했다.

구린내 비슷한 냄새에 향을 피워놓아 알싸한, 아무튼 희한하지만 좋지 못한 냄새임에는 틀림없었다. 그럼에도 불구하고 병호는 일절 내색을 않고, 하녀에 의해 벽에 기대앉아 있는 김유근에게 큰절부터 하려는 순간.

말을 못하는 김유근 대신 하녀가 황망히 손을 내저었다.

"환자에게는 절을 하는 것은 예가 아니니, 어서 거두세요."

마치 김유근이 말을 하듯 쉿소리가 나는 하녀의 말에 깜짝 놀란 병호는 엉거주춤 일어서서 새삼 고개를 조아리며 말했다.

"그간 격조했습니다. 진즉 찾아뵙는다는 것이 가세가 여의치 못하다 보니, 먹고 살기 바빠 어르신을 찾아뵙는 것을 한동안 등한시했습니다."

말은 못하지만 김유근이 알겠다는 뜻으로 미미하게 고개를 끄덕였다.

곧 사방을 둘러본 병호는 냄새의 근원지를 파악하고 한달음에 달려가 변이 담긴 요강을 들고 밖으로 향했다. 이 모양을 보고 놀란 하녀가 황망히 앞을 막아섰다.

"그 일은 쇤네의 일입니다."

"아닐세, 자네가 바빠 미처 손이 미치지 못했음을."

"이리 내십시오."

이렇게 되니 변이 든 요강을 가지고 둘이 실랑이를 벌이게 될 판이었다.

이에 꾀가 떠오른 병호가 옆으로 목만 돌려 말했다.

"어르신 쓰러지시네."

이 말에 화들짝 놀란 하녀가 김유근에게 달려갔다.

방을 나가며 병호가 슬쩍 보니 김유근은 정말 벽에 기대있던 상체가 슬그머니 기울어져 있는 상태였다. 어쨌거나 하녀가 김유근을 돌보는 사이에 병호는 잽싸게 요강을 들고 밖으로 나갔다.

그러자 이번에는 밖을 지키고 있던 장쇠와 신, 강 두 호위무사에게 저지를 당해 한동안 실랑이를 벌여야 했다. 그러나 병호는 만난(?)을 무릅쓰고 우물가로 가 깨끗이 요강을 닦아 다시 안으로 들어갔다.

그러자 이 모양을 본 하녀가 황당한 표정으로 어이없어하며 멍하니 천장을 바라보았다. 그런 그녀를 향해 병호가 말했다.

"여긴 내가 지키고 있을 테니, 피곤하면 잠시 쉬었다 와도 되네."

"아닙니다. 괜찮습니다."

둘이 이렇게 말을 섞고 있는 사이 병호가 슬쩍 김유근을 바라보니 살짝 잠이 든 듯 두 눈을 꼭 감고 있었다. 이에 병호가 손짓으로 김유근을 가리켰다가 다시 밖을 가리키며, 먼저 밖으로 나가니 마지못해 하녀가 병호의 뒤를 따라 나왔다.

곧 밖으로 나온 병호는 내외하느라 그런지 멀찍이 떨어져 있는 하녀를 손짓으로 가까이 불렀다.

그녀가 주춤주춤 가까이 다가왔다.

그러자 병호가 한 걸음 더 다가섰다. 하녀의 얼굴이 코앞이었다. 깜짝 놀라 물러서는 하녀를 보고 병호가 잇새로 말했다.

"지금부터 내 말 안 들으면 오늘 바로 죽는다. 저기 무사 두 명 보이지?"

병호의 심상치 않은 태도와 어감에 그새 얼굴이 새파래진 하녀가 신, 강 두 사람을 순간적으로 바라보았다가, 얼른 자세를 바로 하고 고개를 수없이 끄덕거렸다.

"오늘은 나와 함께. 그러나 내일부터는 나 혼자 간병을 할 테니, 너는 그동안의 간병으로 인해 몸살이 나, 앓아눕는 거야. 알아들어?"

"네!"

"그래, 잘 생각했어."

하녀의 어깨를 툭툭 친 병호는 그 길로 유유히 방으로 향하더니 갑자기 걸음을 멈춰 세웠다. 그리고 푸른 하늘에 시선을 주었다.

벌써 공기가 차가웠다.

올 무술년은 윤달(사월 달)이 들어, 벌써 양력으로 치면 11월 중순쯤 되는 날씨를 보이고 있었다.

곧 방으로 들어간 병호는 하녀와 함께 말없이 김유근을 간호하기 시작했다.

그렇게 시간이 흘러 점심 한 그릇을 얻어먹고 저녁나절이 되자, 한 사람이 기침 소리도 없이 대뜸 문을 열고 들어왔다. 들어오자마자 그의 인상이 확 일그러졌다. 물론 고약한 냄새 때문이리라.

병호가 그런 그를 물끄러미 바라보고 있으려니 그가 낮은 음성으로 외쳤다.

"너는 누구지?"

"나, 구촌 조카 되는 김병호라는 사람이요."

"우리 일가 중에 너 같은 애도 있었어?"

병호가 딱 보아하니 어림짐작으로도 자신보다 나이가 많아 보이지 않았다.

그런 녀석이 처음부터 막무가내로 하대를 하자 병호는 내심 뿔이 났다.

그러나 김유근이 보는 앞이라 점잖게 물었다.

"나 언제 봤소? 내 또래인 것 같은데, 계속 반말을 하면 안 되지."

"이 녀석이……."

김유근이 보는 앞에서 주먹다짐을 하려는 그를 슬쩍 피한 병호가 집히는 것이 있어 물었다.

"당신이 김병주인가?"

"알긴 아는구나."

그의 말에 말없이 고개를 끄덕인 병호가 물었다.

"나랑 동갑이겠네? 나 올해 열두 살인데?"

"그런데 넌 어디 처박혔다 이제 나타난 거야?"

병호가 물은 말에는 대답도 않고 딴소리를 하는 그였다. 그러나 병호는 내색 없이 풀이 죽은 목소리로 답했다.

"나 충청도 은진 살아서 소식이 닿지 않았어."

"아버님 아픈 것은 온 백성이 다 아는데, 너는 귀마저 닫고 살았니?"

"하루 벌어 하루 먹고 살았어."

병호는 실감나는 연기를 위해 더욱 가련한 모습을 연출했다.

"거지 같은 자식! 당장 꺼져! 언제 봤다고 우리 집을 기웃거려."

조울증 환자인지 갑자기 격앙되어 외치는 병주 때문에 깜짝 놀란 병호가 빙긋 웃으며 말했다.

"비록 뒤늦게 알았지만, 그만큼 내가 삼당숙(三堂叔)을 열심히 간호할 테니, 너는 좀 쉬어도 돼."

"그래?"

회가 동하는지 병주의 태도가 많이 누그러졌다.

"우리 나가자. 아저씨 아픈데 더 이상 여기서 시끄럽게 굴지 말고."

병호의 말에 잠시 양아비 유근의 눈치를 슬쩍 보더니 바로 뒤를 따라 나왔다.

마당으로 나온 병호는 땅거미가 지는 하늘을 바라보며 중얼거렸다.

"또 하루가 가는구나!"

"너 정말 우리 양아버지를 열심히 간호할 거야?"

"물론. 사내가 어찌 일구이언할 수 있어?"

"좋았어. 그럼, 나는 좀 드문드문 와도 되겠네?"

"마음대로."

"하하하……! 우리 친하게 잘 지내보자."

"좋아!"

이렇게 둘이 극적으로 화해를 하고 이후부터 병주는 정말 그의 말대로 아침저녁으로 얼굴만 비치는 행태를 연출했다.

그로부터 삼 일이 지났다. 그러자 이제 슬슬 요강을 치우는 것도 꾀가 나기 시작했다. 유근을 간병하던 하녀는 정말 그 이튿날부터 나타나지 않았다. 그녀는 진짜로 몸살을 앓고 있었던 것이다. 그간 쌓인 과로에 긴장이 풀려서인 모양이었다.

아무튼 똥오줌이 든 요강을 치우는 것도 치우는 것이지만, 유근을 요강까지 안고 가서 변을 다 볼 때까지 붙들고 있는 것이 더 힘들었다. 옆에서 그 냄새를 고스란히 다 맡아야 했기 때문이었다.

물론 유근을 요강까지 안고 가는 것은 장쇠나 무사의 도움을 받을 수도 있으나, 이는 애초 그가 의도한 바를 그르치는 것이라, 여전히 그는 그 일마저 순순히 자신의 힘으로 해내고 있었다.

아무튼 그가 변을 보는 동안이라도 비켜 설 욕심으로 궁리를 하다 보니 기발한 착상이 떠올랐다. 이에 병호는 즉각 밖으로 나와 장쇠를 불렀다.

"장쇠야!"

"네, 도련님!"

마당의 한쪽을 지키고 있는 그를 보니 참으로 노비로 안 태어난 것이 다행이라는 생각이 들었다. 또한 그의 심사가 가늠되어 내심 안쓰러웠다.

그러나 병호는 일절 내색치 않고 자신의 할 말만 했다.

"너 지금 즉시 우리 집으로 가 전재룡을 불러오너라."

"네, 도련님!"

그를 보내고 병호가 밖에서 한동안 기다리고 있노라니, 장쇠가 전재룡과 함께 빠른 걸음으로 돌입했다.

그런 둘을 바라보던 병호가 땅에 주저앉아, 부근에 있는 뾰족 돌 하나를 주워들고, 땅바닥에 그림을 그리기 시작했다.

"잘 봐."

말과 함께 먼저 ㄴ자를 그린 병호는 그 밑에 바퀴를 그려 넣고, 이를 시작으로 입체도를 그려 나가는데 전생의 유모차 형상이었다.

그러며 말로는 계속 설명을 해나갔다.

"사람이 이 푹신한 의자에 앉으면, 다른 한 사람이 이 앞부분의 손잡이를 잡고 밀면, 바퀴에 의해 이 전체가 밀려 나가지 않겠어?"

"네, 희한하지만 틀림없이 그렇게 될 것 같습니다."

"자, 또 하나는 모든 것이 종전의 형상과 같아. 하지만 가운데 사람이 앉는 공간을, 가장자리 틀만 남기고 한가운데를 뻥 뚫어 놓는 거야. 그리고 그 밑에 요강을 놓으면 환자가 편하게 대소변을 볼 수 있지 않겠어?"

"기가 막힙니다. 도련님!"

옆에서 구경을 하고 있던 장쇠가 먼저 찬탄을 하고, 전재룡 역시 놀란 눈으로 병호를 새삼 다시 바라보았다.

"자, 다 이해했으면 내가 설명한 그대로 그림을 그려 이 서기에게 넘겨줘. 하고 이 서기에게는 당장 내일이라도 제작해 오랬다고 전하고."

"네, 저가!"

전재룡이 즉시 사라지자 병호는 다시 김유근의 방으로 들어갔다.

그로부터 사흘이 지나서야 보행기 및 좌변기가 제작되어 왔다.

이날은 여느 날과 달리 날씨도 포근한 날이었다. 이에 생각나는 것이 있어 병호는 일단 장쇠를 불러 들였다.

그리고 둘은 합심해 유근을 솜이불에 둘둘 말았다. 이어 둘은 유근을 번쩍 들어 보행기에 태웠다. 힘쓴 것이 무색하게 너무 가벼웠다. 이어 둘은 보행기 채 번쩍 들어 밖으로 나왔다.

그리고 병호는 제법 넓은 마당을 보행기로 밀고 다니며 그가 병석에 드러누운 이래 처음으로 바깥 구경을 실컷 하게 했다. 그러던 병호가 유근을 향해 무심코 물었다.

"오늘은 참으로 날씨도 좋죠?"

대답이 없었다.

순간 병호는 그가 말을 못한다는 사실을 잊고, 밀던 보행기를 멈추고 그의 앞으로 갔다. 그의 얼굴을 보는 순간 병호는 갑자기 가슴이 싸해졌다.

유근이 철철 눈물을 흘리며 울고 있었던 것이다.

철석 간담을 자랑하며, 한때는 조선을 호령하던 사람이.

화무십일홍이라는 말을 빌 것도 없이 이제는 권력과는 거리가 먼, 진정 외롭고 병든 중늙은이의 모습에서 병호는 문득 자신의 모습을 보았다. 전생 자신의 모습을.

파산으로 이혼을 하고, 교통사고를 당해 하반신 마비가 되어 고통스러웠던 삶, 더하여 암 투병에 이르기까지. 간난신고의 삶이 주마등처럼 스치며 병호는 이날부터 진심으로 간병에 열성을 쏟았다.

그렇게 한 달, 두 달, 석 달, 넉 달이 지나자, 주변 모두의 시선이 사시(斜視)에서 찬탄의 눈으로 바뀌었다.

이때는 병호도 많이 지쳐 초췌한 모습을 둘째 치고 체력이 많이 떨어져 있었다.

밤낮을 잊고 간병한 것 때문이었다.

아무튼 이렇게 되니 한 달 전부터는 처음의 그 하녀와 함께 간호를 하고 있었다. 그런데 이날 유근이 평소 안 하던 짓을 했다. 하녀에게 무어라 부지런히 손짓을 하는 것이었다.

반신불수라 오른쪽은 전혀 쓰지 못했으나 왼손은 그럭저럭 사용을 하는 유근이기 때문에 가능한 행동이었다.

곧 그의 의사를 알아차린 하녀 즉 금순이 서안을 가져왔다.

그리고 그의 앞에 지필묵을 대령해 먹을 갈고, 종이를 서안 위에 올려주었다. 그리고 붓에 먹물을 잔뜩 묻혀주자 그가 종이 위에 무어라 쓰기 시작했다. 아니 삐뚤빼뚤 그렸다.

그렇게 한참을 끙끙거리던 유근이 병호를 손짓으로 불러 쓴 글을 읽어보게 했다.

몇 번이고 눈에 힘을 주어 읽어 본 그의 글 내용은 다음과 같았다.

─후회. 1년만 먼저 너를 알았더라도.

"무슨 말씀이십니까? 삼당숙님!"

―너를 양자로.

"저를 양자로 삼았을 것이라고요?"

묵묵히 고개를 끄덕이는 그의 눈에는 또다시 눈물이 흘러
내리기 시작했다.

그런 유근을 위로하기 위해 병호가 말했다.

"병주도 나이가 들면 잘할 겁니다."

―네 나이와 같다.

할 말이 없게 된 병호가 멋쩍은 웃음을 짓는데 밖에서 호
방한 목소리가 들려왔다.

때맞추어 그를 구원해 주는 김좌근의 목소리였다. 근래에
들어 이상하게 자주 찾는 그였다.

"형님, 저 왔습니다."

말이 끝났다 싶은 순간 누가 문을 열어 줄 새도 없이 그가
문을 활짝 열고 성큼성큼 안으로 들어섰다.

말없이 동생을 바라보던 유근의 눈에 또 눈물이 흐르기 시
작했다.

날이 갈수록 유근은 눈물이 많아지고 있었다. 그런 형이 안
타까운지 곁으로 다가온 좌근이 그의 눈물을 친히 손으로 닦
아주며 말했다.

"울지 마세요, 형님! 자꾸 그러시면 제 마음도 많이 아프답
니다."

좌근의 말에 유근이 억지로 눈물을 삼키며 금순에게 서안과 문방사우를 가져오도록 손짓했다.

곧 금순이 모든 준비를 마쳐 그의 손에 붓을 쥐어주자 그가 또다시 몇 자 흘려놓았다. 병호도 궁금하여 함께 들여다보고 있는데 종내 그가 써놓은 글귀는 이랬다.

―저 아이를 네 양자로 삼아라.

글을 본 좌근이 갑자기 껄껄 웃었다. 그리고 주먹으로 코를 한 번 쓱 문지르더니 말했다.

"아니래도 많은 생각 중에 있습니다."

그 말이 성에 차지 않았던지 유근이 눈살을 찌푸렸다. 그러자 좌근이 다시 미소를 띠고 말했다.

"나 혼자만 좋다고 되는 일이 아니잖아요?"

좌근의 말에 유근의 시선이 바로 병호에게 향했다.

"소질도 고민을 해보겠습니다."

그 대답 역시 유근에게는 성이 차지 않았는지 노한 눈이 되어 병호를 바라보았다. 그러나 병호는 지금까지의 태도와는 다르게 그의 시선을 피하며 딴청을 했다. 이를 본 좌근이 다시 한 번 껄껄 웃으며 말했다.

"오늘만 날입니까? 저 아이도 좀 더 생각해 본다니 기다려 보죠."

이렇게 이 날의 대화는 마무리가 되었다. 그리고 또 한 달여가 흘러 어느덧 해가 바뀐 1839년 이월 초닷새 날이었다.

오늘은 유근의 표정이 이상했다. 허심하달까, 꼭 집어 무어라 말할 수 없는 평소와 다른 표정으로 지필묵을 준비시키더니 병호에게 물었다.

—정말 천주가 있고, 하늘에 천국이 있는가?

병호가 말로 답했다. 아니 되물었다.

"밤하늘에 무수한 별이 보이지 않습니까?"

유근이 그렇다는 뜻으로 미미하게 고개를 끄덕였다.

"제가 아는 천문학적 지식으로는 우리 눈에 보이는 별은 정작 아무것도 아닙니다. 이 모든 별을 포함하는 대우주에는 우리가 육안으로 볼 수 있는 수 억 배의 별들이 있습니다. 단지 우리 눈으로 보이지 않을 뿐이지요. 그리고 우리가 보는 별 하나는 그렇게 작은 것이 아닙니다. 단지 먼 곳에서 오는 빛이기 때문에 작게 보일 뿐이지, 실제는 우리가 사는 땅 크기보다도 큰 별들이 무수히 많습니다. 물론 작은 별도 있겠지요. 하여튼 이런 별이 무수히 많은 대우주를 생각하노라면 문득 경외심이 들곤 합니다. 그리고 저도 그런 생각을 했습니다. 태초에 저 별은 어떻게 생겨났는가? 혹시 우리가 모르는 전지전능한 신이 있어, 이 세계를 창조하지 않았을까? 이런 생각의 결론은?"

여기서 말을 맺고 병호가 유근을 바라보니 그의 눈이 궁금

증으로 반짝이고 있었다. 그래도 병호가 한동안 말이 없자 그의 표정이 어느 순간 간절해졌다. 이 모습을 본 병호가 고개를 끄덕이며 답했다.

"천주교에서 말하는 신이 있다고 저는 믿고 있고, 천국도 있으리라 확신합니다."

이 말을 들은 그의 표정이 확연히 편안해지는 것이 보였다. 곧 그가 무슨 생각이 들었던지 붓을 들어 병호에게 자신의 의사를 표현했다.

ㅡ천주교도를 만나볼 수 없을까?

"우리 가문이 위태로워지지 않을까요?"

아니라는 뜻으로 그의 고개가 좌우로 흔들렸다. 하긴 다른 것은 몰라도 안동 김문은 천주교에 관한한 관용적이었다.

한 번도 앞장서서 탄압을 하지는 않았던 것이다. 이런 생각을 하며 병호가 답했다.

"한 번 알아보겠습니다."

곧 그가 고맙다는 뜻으로 희미한 미소를 지으며 고개를 끄덕였다. 이때였다. 요란한 발자국 소리가 들리는 것 같더니 좌근의 걸쭉한 목소리가 들려왔다.

"형님, 접니다."

곧 신발 벗는 소리가 나더니 어느 때나 다름없이 문이 활짝 열렸다.

"안녕하십니까? 삼당숙님!"

"너무 깍듯하네. 그냥 편하게 아저씨라 불러. 아버지라고는 못 부를망정."

끝에 가서는 투덜거리듯 말하던 그가 앉지도 않고 정색을 하고 병호에게 물었다.

"그간 한 달여가 흘렀네. 그래? 결론은 냈는가?"

병호가 막 대답을 하려는데 무슨 생각이 들었던지 좌근이 손을 흔들며 말했다.

"아닐세. 다음에 듣기로 하고, 형님! 오늘은 좀 어떻습니까?"

유근이 미미한 미소로 답했다. 그 순간이었다. 좌근이 병호를 툭 치며 말했다.

"잠시 나 좀 보세."

제8장

세교(勢交)下

다른 날과 달리 병호를 불러낸 좌근이 진지한 표정으로 말했다.

　"오늘 저녁에 식사하지 말고 우리 집으로 오시게. 식사나 같이하게."

　무슨 할 말이 있음을 직감한 병호가 곧장 답했다.

　"알겠습니다. 참, 우리 네 명이 다 가도 되죠?"

　"물론일세. 얼마든지 환영하지. 하하하……!"

　그답게 호방하게 대소를 터뜨린 좌근이 휘적휘적 멀어졌다.

　이날 초저녁.

병호는 장쇠와 오늘 밤의 입직(入直)인 두원식 미리내를 데리고, 해가 뉘엿뉘엿 지자 지척 지간에 있는 좌근의 집을 찾았다.

곧 마당에 나와 서성이고 있던 좌근이 크게 환대했다.

"어서 오시게. 우리 집은 처음이지?"

"그렇습니다."

"자, 이렇게 아니라 날도 찬데 어서 안으로 드세."

"네."

막 사랑채로 들려던 좌근이 무슨 생각이 들었던지 돌연 걸음을 멈추고, 돌아서서 시립하고 있는 청지기에게 명했다.

"일행에게도 거하게 한 상 차려주시게."

"분부대로 거행하겠사옵니다."

청지기가 공손히 예를 표하고 물러나자 좌근은 병호를 손수 이끌고 자신의 거처로 들어갔다.

곧 아랫목에 좌정한 좌근이 새삼 큰절을 올리려는 병호를 강력하게 만류하며, 자신의 앞에 끌어다 앉혔다. 물론 방석 위였다.

"내 한 가지만 묻지."

"말씀하세요."

"형님이 언제까지 사실 것 같은가?"

"소질이 보기에 금년은 무난히 넘기실 것 같으나, 명년은 넘기기 힘드실 것 같습니다."

"흐흠……!"

병호의 말에 좌근이 수염을 쓸며 침음했다.

"하면 큰일인데……."

좌근이 혼자 중얼거리고 있는데 밖에서 하녀의 목소리가 들려왔다.

"대감님, 상을 들여도 되겠사옵니까?"

"그래, 어서 들여라."

"네, 대감님!"

곧 두 명의 하녀가 대형 개다리소반에 정성껏 차린 음식을 낑낑거리며 들고 들어와, 각각 두 사람 앞에 하나씩 놓고 잠시 한옆으로 시립했다.

그런 그녀들은 거들떠보지도 않고 좌근이 병호에게 말했다.

"술부터 한잔하려는데 괜찮지?"

"네, 삼당숙님!"

좌근이 병호의 '삼당숙'이라는 호칭에 손을 저으며 말했다.

"격식을 차려 부르니 우리 사이가 더 멀어지는 느낌이야. 그러니 앞으로는 편하게 아저씨라 부르게."

"알겠습니다."

"아니지… 아버지라 부르면 안 되겠나."

좌근의 갑자기 치고 들어오는 말에 병호가 즉답을 못하고 망설이는데, 좌근이 두 시비를 손으로 쫓으며 말했다.

"지금껏 뭐하고 있어. 볼일 다 봤으면 나가지."

"혹시 시키실 일이 있나 해서."

"없으니 얼른 나가."

"네, 대감님!"

시녀들이 나가자마자 병호는 상을 비켜서서 갑자기 좌근 앞에 부복하며 정중히 말했다.

"뜻을 받들지 못해 죄송합니다."

"허허, 끝내 안 되는 것인가?"

허탈한 표정의 좌근을 향해 다시 한 번 머리를 조아린 병호가 정성껏 아뢰었다.

"거기에는 두 가지 이유가 있습니다."

"어디 그 변이나 들어보세."

"첫째는 우리 안동 김문 전체를 위해서이옵고, 둘째는 제일신상의 사정 때문이옵니다."

"계속해 보시게."

"양아들은 소질 말고도 많은 자원이 있습니다. 하지만 소질은 우리 가문을 위해 음지에서 더 큰일을 하려하옵니다."

"그게 무슨 말인가?"

"부를 축적하는 일입니다."

"내 얼핏 듣기로 자네가 상업에 종사한다던데, 그것이 사실인가?"

"그렇사옵니다."

"천하게……! 쯧쯧……!"

"그게 아니옵니다!"

"아니긴 뭐가 아니야?"

역정을 내는 좌근에게 병호는 오히려 빙긋 웃음까지 띠며 물었다.

"소질이 제일 자신 있어 하는 학문 분야가 무엇인지 아십니까?"

"그걸 내가 어떻게 알아!"

여전히 역정이 묻어나는 좌근의 말에도 불구하고 병호는 여전히 미소를 띤 채 단언했다.

"역리학(易理學)입니다."

"설마 역리학의 대가 근행(謹行) 할아버지보다 나으려고?"

"나이 어리다고 우습게 보지 마십시오. 제가 몇 가지 예언을 할까요?"

"하하하……! 어디 해보시게."

여전히 병호의 말을 믿지 못하는 좌근의 말이었다.

"첫째 황산(黃山: 김유근의 호) 삼당숙님의 졸기는 제가 이미 예언한 바 있습니다. 명년은 못 넘긴다고. 더 정확히 말씀드릴까요? 내년 섣달에 졸하십니다."

"뭐라고, 달까지 짚어낼 수 있단 말인가?"

"물론입니다."

그제야 좌근의 눈빛이 달라지며 주안상은 한옆으로 치우고 한 무릎 달려들었다.

그러거나 말거나 병호는 여유 있는 웃음을 짓고 오히려 좌근에게 되묻기까지 했다.

"아저씨! 솔직히 말씀해 주시죠? 우리 가문과 풍양 조 씨 가문과는 현재 누가 더 세력이 셉니까?"

"음……! 아직은 우리의 세가 조금은 낮다고 생각하네. 그건 그래도 형님이 아직은 생전에 계시기 때문인데, 형님이 내년을 못 넘기신다면 정말 큰일 아닌가?"

"그마저도 조만간 역전될 것 같습니다."

"뭐라고? 왜, 무엇 때문에?"

다급해지는 좌근에 비해 이제 손부채질까지 하며 병호는 여유를 부렸다.

그런 그가 빙긋 웃으며 다시 입을 열었다.

"그 문제는 주제에 빗나가니 말미에 말씀드리기로 하고. 우선 제 예언을 들어보시죠."

"그래, 마저 해보시게."

"저들의 책략으로 한동안은 풍양 조 씨의 위세가 등등하겠지만 그것도 6년을 넘기지 못할 것입니다. 그 이유는 세도의 중심인 조만영의 아들 병구가 졸서(卒逝)하기 때문입니다."

"병구의 나이 채 사십도 안 되었는데?"

참고로 좌근의 금년 나이는 43세였다.

"죽는 데 어디 순서 있습니까? 그 또한 정확한 날짜까지 예언할까요? 당금 주상 재위 11년차인 11월 11일입니다."

위의 사실에서 숫자를 보면 알겠지만 11이 연이어 셋이 겹쳤다.

얼마나 기억하기 좋은가?

그래서 전직 작가였던 병호가 그 날짜를 정확하게 기억하는 것이고, 좌근에게도 동짓달 열하루라는 표현 대신 숫자로 말을 했던 것이다.

"흐흠……! 정말 그렇게 단언할 수 있는가?"

"뿐만 아닙니다. 아들을 잃은 지극한 슬픔에 그 아비 만영도 채 1년을 넘기지 못하고 불귀의 객이 됩니다. 이렇게 되면 어떻게 되겠습니까?"

"그들의 세도도 한풀 꺾이겠지."

"여기에 가장 중대한 변수가 하나 있습니다. 당금 주상의 안위입니다."

"왜 흉한 일이라도 당하시는가? 그러기에는 아직 한창 팔팔할 보령이신데……?"

종내는 고개마저 갸우뚱거리는 좌근을 향해 병호가 엄숙한 낯빛으로 말했다.

"조만영의 졸서 후, 험, 험… 당금 주상도 액운을 면치 못하십니다. 채 3년을 못 넘기실 겁니다."

"뭐라고?"

이 말에는 정말 놀랐는지 좌근이 자리에서 벌떡 일어났다. 주안상을 미리 치워놨기 망정이지, 방금 그의 행동에 술상이 엎어질 만한 반사적인 행동이었다.

그런 그를 가만가만 신묘한 미소를 바라보던 병호가 여전히 조용히 웃음 띤 얼굴로 조용조용 말했다.

"하면 우리 가문은 어찌 대처해야 되나요?"

"사전에 그런 흉변을 미리 알 수 있다면 그에 걸맞은 대처법을 마련할 수 있겠지. 이를 테면……"

조카 앞에서 더 이상 말하기가 뭣한지 망설이는 좌근을 향해 병호가 정곡을 찔렀다.

"우리가 마음대로 조정할 수 있는 어린 임금이나 아니면 배움이 짧은 왕족을 미리 낙점해 두시겠다는 의중 아니십니까?"

"허허, 이젠……! 정치 감각까지 탁월하군. 그간 내가 족질을 너무 허투루 본 것 같네."

"그러니 앞으로는 소질을 너무 띄엄띄엄 보지 마세요."

"하하하! 그 표현 너무 재미있네."

"제일 중요한 것은 그다음부터입니다."

"말씀해 보시게."

"우리 가문이 영원히 아니 아저씨나 저의 세대에서만이라
도, 일인지하가 아닌 만인지상의 위치에서 조선을 좌지우지할
수 있는 방법이 있습니다."

"혹여……"

더 이상 말을 꺼리는 좌근에게 손을 흔들며 병호가 말했
다.

"역성혁명이 아닙니다. 아, 이거……! 잠깐만요."

지금까지는 이야기에 취해 몰랐지만 갑자기 '역성혁명' 이야
기까지 나오다 보니, 새삼 경각심이 든 병호가 다짜고짜 문으
로 달려가 문을 활짝 열어젖혔다.

다행히 이 집의 청지기와 자신이 데리고 온 세 사람이 멀찍
이 서서 파수를 보고 있었다. 그런 그들을 향해 병호가 물었
다.

"대접받지 않고 왜 그러고 서 있는가?"

"주인이 식사를 끝내지 않았는데 어찌 종놈이 먼저 밥상머
리에 앉습니까?"

"허허……! 자네들의 충정은 알아두어야 해. 그러지 말고 한 사람씩 교대로 자시고 있게."

"고맙습니다. 도련님!"

장쇠의 인사는 건성으로 들으며 병호는 문을 닫고 다시 자신의 위치에 와 앉았다.

"어서 마저 해보시게."

채근하는 좌근에게 더 조바심을 내게 하려는지 갑자기 술병을 집어든 병호가 말했다.

"그러기 전에 컬컬하니, 한 잔 마시고 이야기를 하겠습니다. 한 잔 받으시지요."

"허허, 이제 네가 나를 완전히 갖고 노는구나. 하하하……! 그래도 기분은 나쁘지 않으니, 웬일인지 모르겠다. 하하하……!"

재차 웃음을 터뜨린 좌근이 병호가 공손히 따르는 술을 받고는 자신도 병호에게 한 잔의 술을 쳐주었다.

"내 잔 한 잔 받으시게."

"감읍하옵니다."

잔을 받자마자 병호는 정말 갈증이 나는지 고개 돌려 단숨에 한 잔의 술을 비워냈다.

그리고 술잔을 상위에 올려놓는데 좌근은 벌써 안주를 집고 있었다. 그런 그가 채근했다.

"어서 그다음 말을 해보시게."

"그전에 한 가지 여쭙겠습니다. 양이들 아시죠?"

"물론이네."

서슴없이 고개까지 끄덕이는 좌근에게 병호 또한 미소를 지으며 다음 말을 이었다.

"누가 뭐라고 해도 지금 세계 최강은 그 양이들입니다. 그중에서도 으뜸이라 할 수 있는 나라가 영길리(英吉利)인데, 그 나라가 채택하고 있는 정치제도가 제가 말하는 제도입니다. 즉왕은 명목상의 통치자로 앉혀놓고, 그 밑에 총리라는, 그러니까 우리나라로 말하면 영의정이 되겠죠. 아무튼 총리가 왕의형식적인 승인을 받아, 온 나라를 자신이 조각한 이 정승 육조판서와 함께 온전히 다스립니다. 이 제도가 소위 '입헌군주제(立憲君主制)'라는 것입니다."

"정말 영길리가 그런 제도를 택하고 있는가?"

"영길리만이 아니라 양이들 여러 나라가 채택하고 있는 제도입니다."

"허허, 그런 일이……!"

탄식에 가까운 깨달음을 얻은 좌근이 미처 더 생각할 시간도 없이 병호는 진도(?)를 나가고 있었다.

"이와 같은 제도에서 가장 중요한 것이 백성들의 신임입니다. 궁극에는 백성들 한 사람 한 사람의 투표로 인해 일국을 통치하는 총리가 결정되니까요."

"투표?"

"예를 들자면 풍양 조씨와 우리 안동 김문에서 각각 한 사람씩 총리를 원하는 후보자가 나왔다면, 백성들이 정말 자신을 위해 일해 줄 사람에게 기표 행위 즉, 그 사람이 좋다는 표현을 하는 것입니다. 그러면 왕은 보다 많은 표를 얻은 사람을 차기 총리로 임명하는 것이죠."

"그렇게 되면 백성 하나하나가 주인이나 마찬가지 아닌가? 양반 상놈도 없고."

"아, 이 제도를 바로 조선에 이식하기에는 백성들의 민도가 낮아 곤란하고, 실제 영길리 즉 영국이라 부르는 나라도 아직 그 정도까지 진척된 것은 아닙니다. 하지만 백성들의 지지를 받지 않는 정권이 오래 갈 수 없는 것은 고금의 역사가 증명해 주지 않습니까?"

"물론 그렇기는 하네."

"하면 우리 가문이 지금과 같이 계속 매관매직을 일삼고, 상인들의 등을 쳐 돈을 거둬들인다면 후에 어떻게 되겠습니까?"

"허허, 실로 부끄러운 일이지만 그런 일에서는 손을 떼야 되겠지. 하지만 현실적으로 생각하면 이것이 상당히 어려워. 왜냐하면……."

"그다음은 소질이 말씀드리죠."

"우리 가문이 계속 세도를 유지하려면 어마어마한 정치자금이 들어간다. 즉 만약 우리에게 손톱 밑의 가시 같은 존재가 있다면 당장 그자를 제거를 하긴 해야겠는데, 그것도 고단수로 겉으로 드러나지 않게 하려면, 그런 일을 하는 사람들을 휘하에 거느려야겠죠. 휘하에 거느린다는 것이 말로 쉽지 어디 쉽습니까? 여기에 필요한 것이 소위 정치자금 아니겠습니까?"

"자네 도대체 몇 살인가? 이건 칠십 먹은 노정객보다 더 노회하고 별것을 다 아니, 나 원 참······!"

좌근의 어처구니없어 하는 말에는 아무 답도 안하고 병호는 바로 본론으로 들어갔다.

"그래서 소질이 아저씨의 양아들이 될 수 없다는 것입니다."

"그거하고 그게 뭔 상관인가?"

"우리 가문이 영구 집권하기 위해서는 꼭 필요한 정치자금을 만들긴 만들어야겠는데, 그것도 인심을 잃지 않고 만들려면, 누군가는 우리 가문도 음지에서 희생하는 사람이 있어야 하지 않겠습니까? 헌데 우리 가문 사람치고, 사대부라면 누구나 천시하는 이 일에 누가 가히 뛰어들려 하겠습니까? 그 더러운 오물에 누가 발을 담그려 하겠느냐 말입니다. 더구나 장

사라는 것을 아무나 합니까? 상재도 뒷받침되어야 하니 이것 역시 말로는 쉬워도 지난하기 짝이 없는 일입니다. 헌데 저는 이미 그 더러운 오물에 서슴없이 뛰어든 사람입니다. 또 그만한 상재도 있다고 자부하고요. 하니 이제 제 손을 놓아 주시고, 다만 가문의 책사나 곳간지기로의 소임을 맡겨주신다면, 음지에서나마 우리 가문을 위해 헌신하도록 하겠습니다. 아버님! 흑흑흑……!

끝내는 아버지라 부르며 울음마저 터뜨리자 너무 감동한 나머지 좌근은 한동안 말없이 병호에게 다가가 부복해 있는 그의 등을 두드려 주었다.

그런 그의 두 눈에도 방울방울 이슬이 맺혀 병호의 등에 뚝뚝 떨어지고 있었다.

"험, 험!"

그런 좌근이 돌연 무슨 생각을 했는지 헛기침과 함께 병호의 정면으로 돌아갔다. 그리고 갑자기 병호에게 큰절을 하는 것이 아닌가!

"이 못난 아비의 절을 받으시게!"

"이, 이러시면 안 됩니다."

깜짝 놀란 병호가 급급히 한 옆으로 비껴 앉았음에도 불구하고, 좌근은 끝내 큰절을 마다하지 않았다.

절을 끝낸 좌근의 자세는 그 어느 때보다 경건하고 진중해져 있었다. 그런 그가 말했다.

"자네나 나나 서로 마지막으로 아들과 아비로 불렀다는 것을 이심전심으로 알고 있을 것이네. 하지만 자네는 마음속의 영원한 내 아들일세. 고마우이! 우리 가문을 그렇게 위하고 헌신할 줄은 진정 몰랐네. 참으로 자네가 존경스럽고 대견스럽네."

이런 분위기를 타개하기 위함인지 병호가 반짝이는 눈으로 좌근을 보며 한 가지 의문을 제기했다.

"헌데 소질이 어떻게 우리 가문의 엄청나게 큰 정치자금을 남의 손 안 빌리고 마련할지에 대해서는 궁금하지 않습니까?"

"그러고 보니 그렇네. 자네의 너무나 놀랄 만한 예언과, 마치 유비가 제갈공명을 만나 제 앞길을 제시받고 크게 눈을 뜬 것 같은 책략과, 우리 가문을 위해 음지에서 헌신하겠다는 이야기에 너무 감탄한 나머지 그만, 그걸 간과했군."

그의 말에 빙그레 웃은 병호가 잠시 실례하겠다는 말을 남기고 자리에서 벌떡 일어나더니 문을 열고 아직 대기하고 있는 두 명 중 하나인 장쇠를 호출했다.

"장쇠야!"

"네, 도련님!"

"너, 바로 집에 가서 남겨둔 소금 한 가마와 재룡이 그린 염전도를 가지고 오도록 해."

"알겠습니다. 도련님!"

그가 사라지자 방문을 닫은 병호가 자신의 자리로 돌아가며 말했다.

"그 이야기는 장쇠가 돌아온 후 말씀드리기로 하고, 제가 아저씨의 양아들이 될 수 없는 두 번째 사유는, 소질이 우리 집안의 삼대독자이기 때문입니다."

"하하하……! 이런 어처구니없는 일이. 지금까지 그것도 모르고……. 그러고 보면 우리가 자네 개인에게만 관심을 쏟았지, 집안에 대해서는 전혀 알려 하지 않았군. 이는 근본을 따지고 거슬러 오르다 보면 서로 불편할 것 같아 무의식중에 한 행동이 아닌가 하네. 자네가 용서하시게."

"별말씀을."

이후 두 사람은 본격적으로 술을 들며 병호 집안에 대한 사소한 이야기를 나누었다.

그러다 보니 장쇠가 소금 한 가마와 염전도를 들고 나타났다.

"도련님, 여기 소금과 염전도 가져왔습니다."

"어, 그래?"

기다렸던 중이라 병호는 반가운 마음으로 자리에서 일어나 문을 열었다.

그리고 지게를 받치고 있는 장쇠에게 말했다.

"염전도는 이리 주고, 소금은 창고에 들이되, 우선 한 바가지만 퍼서 이 방으로 가져오도록 해."

"네, 도련님!"

곧 지게를 받친 장쇠에게 우선 염전도를 받아든 병호는 문을 닫고 좌근의 옆자리로 갔다.

그리고 염전도를 좌근에게 펼쳐 천천히 설명을 하기 시작했다.

"이렇게 바다에 제방을 쌓아 해수의 침입을 막고, 이를 해수로를 통해 저수지에 저장해 둡니다. 또 이 저수지 물을 도수로를 통해 1, 2차 증발지로 보냅니다. 끝으로 이곳 보이시죠. 이곳에 최종 소금이 제조되는 공정으로 결정지라 합니다. 그리고 결정지 바로 밖에 지어진 것이 방금 채취한 소금을 저장하는 염퇴장, 그리고 이 큰 창고가 간수가 빠지길 기다리는 출하 대기 장소인 소금 창고입니다."

병호의 설명에 시종 고개를 끄덕이며 듣고 있던 좌근이 미처 병호가 설명하지 못한 부분을 짚으며 말했다.

"이 아낙네는 지금 발로 바닷물을 퍼올리고 있는 것인가?"

"그렇습니다. 소위 '수차(水車)'라는 것으로 중국에서는 이미 몇 백 년 전에 문헌에 나오는 것으로 알고 있습니다. 아니 우리 조선도 하백원 같은 이가 이것을 발명했다는 소리도 들었습니다."

"그렇군. 그런데 정말 이렇게 해서 솥에 바닷물을 끓이지 않고도 소금 생산이 가능한가?"

"그래서 제가 실물을 가져오라 한 것입니다."

병호의 말에 때맞추어 장쇠가 병호를 부르더니 소금 한 바가지를 방에 들여놓고 문을 닫았다.

이에 병호는 즉시 문가로 가 천일염이 든 바가지를 들고 좌근 곁으로 가 그것을 보여주었다.

"아, 이건 소금 크기가 자염과 달리 상당히 크군."

"그렇습니다. 맛도 자염에 비하면 조금 떨어집니다. 해수가 덜 빠질수록 쓴 맛이 나는데, 이건 그래도 해수가 거의 다 빠진 것이기 때문에 크게 맛이 떨어지진 않을 것입니다. 그러나 주목할 것은 맛이 아니라 생산량입니다. 이 태양과 바람에 의한 자연 건조법은 자염에 비해 그 생산 원가가 1/10밖에 들지 않습니다. 하지만 초기 비용은 보시다시피 이렇게 염전을 조성해야 되기 때문에 제법 들어가는 편입니다."

"십분의 일?"

"네. 요새 시중 소금값을 조사해 보니 소금 한 가마에, 쌀 두 가마 값인 열 냥이었습니다. 그런데 실제 생산비는 쌀 반 가마 값인 2.5냥 정도 들어가는 것으로 파악되었습니다."

"가만. 하면 네 배의 폭리를 취한단 말인가?"

"그렇습니다. 그런데는 다 이유가 있었습니다. 지금 전 조선의 생산량은 조선 백성이 필요로 하는 소금 양의 2/3밖에 생산을 못합니다. 이러니 비쌀 수밖에 없는 구조인 데다, 유통 과정도 아주 복잡합니다. 따라서 가난한 백성은 짐승도 섭취하지 못하면 죽는 소금조차 사먹지 못해 여러 병이 생기는 실정입니다. 그런데 여기서 주목할 것은 자염 생산비의 절반이 시탄(柴炭: 땔나무) 구입 내지 생산하는데 들어가고, 2할이 인건비, 나머지가 생산자의 이문이므로, 그들이 취하는 이문은 상대적으로 박한 편이었습니다. 이를 뒤집어 말하면 생산 현지에서는 가격을 내릴 여지가 없다는 말이 되고요."

"하면 우리가 생산한다면 소금 한 가마 당 2전 5푼이면 된다는 소리인가?"

"그렇습니다. 시범 생산한 양을 가지고 3천 평 즉 1정보에서 연간으로 소금 1천 가마를 생산할 수 있다는 계산이 나왔습니다. 10정보만 염전으로 조성해도 연간 1만 가마 즉 5천 석(石)의 소금이 쏟아져 나옵니다."

참고로 1석은 144kg 기준이고, 한 가마는 72kg으로 계산된 것이다.

이 기준이 참으로 애매한 것이 조선 관부는 대개 쌀을 석

단위로 계산을 하는데, 석도 세종 조에는 15두(斗)라는 소두가 있고, 20두의 대두가 있는 등 복잡하다.

여기에 중국 척관법에 조선 것이 혼용되고, 또 영조 때 또 한 번 척관법이 정비되는 등 현재의 무게로 환산하기 매우 곤란하다.

그러나 여러 연구를 통해 1석을 144kg으로 보는 것이 합리적이라는 판단에 따른 것이다. 또 1정보에 연간 1천 가마를 생산할 수 있다는 것은, 조선에서 천일염전으로는 첫 조성된 주안의 1정보 생산량이 72톤이었다는 기록에 따른 것이다.

"허허……! 그렇게 되면 종당에는 염분(鹽盆)이 전부 없어지겠구나!"

"처음에는 기존의 맛을 들인 양반들은 자염을 선호할 것입니다. 그러나 세월이 흐르면 종당에는 가격 경쟁력에서 뒤진 소금가마는 조선에서 아예 자취를 감춘다고 봐야죠."

"허허, 독점 생산만 한다면 이것만으로도 조선의 제일 거부가 되는 것은 일도 아니겠어."

"바로 그것입니다. 누구에게 이 제법이 알려지기 전에 아버님, 험, 험… 아저씨께서 천일염에 대한 독점권을 확보해 주십시오."

"그렇게 하자면 문제가 하나 있어. 염분에서 재정을 수취하는 호조는 물론 각 지방관청, 제 궁방과 일부 이에 연관된 유수의 가문 등, 관련된 곳도 많고 그들의 반발도 만만치 않을 거야."

"하면 이 참에 염세(鹽稅)로 단일화 하고, 세금의 납부는 호조 한 군데로 고정시켰으면 하는 것입니다. 하고 기존의 관련된 곳은 호조에서 옛날에 그들이 받던 그대로를 교부해 주면 세금 정책도 보다 수월해지지 않겠습니까?"

"흐흠……! 그래 얼마의 염세를 생각하고 있는가?"

"석당 2냥입니다."

여기서 석당 2냥이라는 염세는 '1906년(광무 10)에 반포된 염세 규칙에, 제조염 100근당 6전을 내도록 정하였다.' 했으니, 척관법과 당시 쌀 한 가마당 6~7냥으로 오른 물가 오름세를 감안해 계산된 수치다.

"흐흠……! 매해 50만 석만 생산된다 해도, 100만 냥의 세수가 생기는 것 아니냐?"

"그렇습니다."

"매해 재정난에 허덕이는 호조라면 쌍수를 들어 환영할 일이군."

"더하여 매해 민둥산이 늘어나는 조선의 산림을 살리는 길이고, 이는 홍수를 예방하는 지름길이기도 합니다. 또한 염분을 섭취하지 못해 생기는 가난한 백성들의 질병도 예방할 수 있고요."

"그렇게까지 말하니 이거 천일염 생산을 안 한다면 대역 죄인이 되는 기분 아니더냐? 하하하……!"

기분 좋아 대소를 터뜨리는 좌근을 따라 빙그레 웃던 병호가 때는 이때라는 판단 하에 하나의 청을 더했다.

"제가 강경에서 어물을 취급하다 보니 여름철에 얼음이 절실히 필요했습니다. 헌데도 규제에 묶여 함부로 겨울에 얼음을 채취할 수도, 저장할 수도 없으니 참으로 애석함을 금할 길 없었습니다."

"흐흠……! 내 한번 알아보마."

"감읍하옵니다."

"자, 그건 그렇고, 네 머리를 보아하니 아직 장가를 들지 않은 듯하구나!"

"아, 아니옵니다. 벌써 혼약을 맺은 처자가 있사옵니다."

"그래, 어느 가문의 처자더냐?"

"제가 몸담고 있는 강경 여각객주의 여식이옵니다."

"뭐, 뭐라고? 어찌 우리 가문에서 그런 천인의 여식과, 험, 험!"

더 말을 하다 보면 아무래도 병호를 욕보이는 것을 깨달은 좌근이 헛기침으로 말을 중단하고는 덧붙였다.

"당장에라도 그 집안과 파혼을 해라. 하면 내 한양의 유수

한 가문과 짝을 맺어줄 테니."

"안 됩니다!"

"뭐라고?"

병호의 반발에 좌근이 처음으로 노여워 볼 살을 푸들푸들 떨었다.

"사람이 신의가 있어야지 어찌 조금 사정이 폈다고, 어제의 약속을 헌신짝처럼 저버린단 말입니까? 저는 죽어도 그렇게 못합니다. 용서해 주세요, 아저씨!"

"허허······!"

병호의 말에 탄식하던 좌근이 수염을 쓸며 말했다.

"한편으로는 네 말이 옳다. 사내나 여자나 지조가 있어야지, 네 말마따나 사정에 좀 나아졌다고, 옛 약속을 손바닥 뒤집듯 한다면 인간의 도리는 아니지. 하지만 참으로 애석함을 금할 수 없구나."

병호가 고개를 숙인 채 말이 없자 좌근이 갑자기 대소를 터뜨리며 말했다.

"하하하······! 역시 내가 사람 하나는 잘 보았네. 신의가 있어! 진국이야! 아하하하······!"

그 어느 때보다 큰 홍소(哄笑)를 터뜨린 좌근이 이내 웃음기 맴도는 얼굴로 병호에게 물었다.

"다른 할 이야기는 없니?"

"참, 큰 삼당숙님께서 지나가는 말로 서학에 대해 관심을 표시하셨습니다. 그 신도를 한번 만나봤으면 하는 바람이었습니다."

"허허, 형님도 이제 마음이 많이 약해지셨군. 허허, 거참……! 그러나 달리 생각해보면, 자네 말대로라면 기껏 2년의 수명인데, 생전에 소원을 들어 드리는 것도 과히 나쁘지는 않겠군."

이렇게 말을 맺으며 잠시 생각에 잠겼던 좌근이 말했다.

"그 문제는 내가 알아서 할 테니, 더 이상 신경 쓰지 말게."

"알겠사옵니다."

"하고, 앞으로는 내 형님께도 이야기할 테니, 자네 말대로 우리 가문의 곳간지기가 되어 열심히 뜀은 물론, 나의 장자방이 되어 측근에서 잘 보필해 주시게. 하면 내 섭섭지 않은 대우를 해줄 것이야."

"감읍하오옵니다. 아저씨!"

"하니 당장 내일부터라도 형님의 간병에는 손을 떼시게."

"네."

"하고 염전 문제는 내 조만간 누님… 험, 험. 대왕대비를 찾아뵙고 청을 넣을 참일세. 그러니 잠시 기다리시게."

"기왕 찾아뵙는 길이라면 아저씨의 품계도 올리심이……."

"내 얼굴에 스스로 금칠을 하란 말인가?"

"저들의 발호가 예상되는 작금, 발언권이 약하여 미처 빠른 대처를 할 수 없을까 염려되옵니다."

"흐흠, 그렇다라?"

잠시 수염을 쓸며 생각에 잠겼던 좌근이 다시 입을 떼었다.

"저들의 말이 나왔으니 말인데, 내가 바로 옆집에 집 한 칸을 마련해 놨어. 원래는 양자를 들이면 주려고 한 것인데, 자네가 내 아들과 마찬가지이니, 앞으로는 그 집을 사용하시게."

"제게도 바로 옆에 집이 있질 않습니까?"

"영민한 자네가 그럴 때는 머리가 제대로 안 돌아가는군. 그걸 자네에게 주는 것은 우리 가문에 헌신하려는 자네의 정성도 높이 산 것이지만, 또 한 이유는 자네가 내 책사 노릇을 하자면 채탐인을 많이 거느려야 할 거야. 그러니 그 식객들을 다 수용하려면 두 채의 집도 작을 수가 있어."

"그런 뜻이시라면 기쁜 마음으로 받겠사옵니다."

"물론, 그래야지. 자, 오늘만 날이 아니니, 오늘은 이만해 두고, 술이나 한잔 더 하세."

"네!"

"그러고 보니 안주가 싸늘하게 식었구나!"

"번거롭게 하지 말고, 몇 잔만 더 하고, 술자리는 파하심이……."

"네 뜻이 정 그렇다면 그렇게 하자구나. 이 또한 오늘만 날이 아니니."

"감사하옵니다."

"자, 내 술 한잔 받게."

"네."

이렇게 되어 병호는 이날 자신이 뜻한 바 있는, 권세(權勢) 있는 사람에게 달라붙어 호가호위(狐假虎威)할 수 있는 세교(勢交)를 이룸과 동시에, 염전개발권의 단초까지 마련하는 등 소기의 목적을 거둔 하루가 되었다. 물론 이는 그의 절실함과 그간의 정성이 빚어낸 합작품이었다.

또 하나 이로써 병호는 양지홍을 확실하게 자신의 첩으로 들일 수 있는 발판도 마련하게 되었다. 병호가 원래 지홍을 입도선매한 데는 원 역사에서 좌근이 지홍을 첩으로 들이는 것을 알고 있었기 때문에, 만약 자신의 제1계가 실패할 것에 대비한 다음 포석이, 그녀를 좌근에게 첩으로 들여 자신의 목적을 달성하려는 것이었다.

그런데 지금 돌아가는 상황을 보면 자신이 그녀를 취해도 하등 탈이 없을 것 같아 내심 그런 작정을 한 것이다. 아무튼 이로서 그 유명한 '나합(羅閤)' 또는 '나합(羅蛤)'이라는 비아냥도 이젠 들을 수 없을 것이다.

왜냐하면 지홍이 좌근의 첩이 아니기 때문에, 삼정승과 같은 세도를 부릴 수도 없어 나주 출신 합하라는 뜻의 나합(羅閤), 또 그를 백성들이 얕잡아 부르는 나주 출신의 조개라는 뜻의 '나합(羅蛤)'이라는 놀림도 들을 일이 없을 것이다.

제9장
인재(人才)上

좌근이 비록 당장 병간에서 손을 떼라했지만 사람이 된 도리로 어떻게 그럴 수 있는가. 병호는 모처럼 진수성찬에 맛있게 저녁 식사를 마친 일행을 데리고 다시 유근의 방으로 돌아왔다.

유근의 방에 돌아오니 자신이 자리를 비워 더 피곤해 보이는 하녀 금순을 강제로 쉬게 하고, 병호는 여느 날과 다름없이 유근을 보살폈다. 그러길 이각도 채 되지 않아 반주도 곁들인 탓에 얼큰하게 취한 좌근이 헛기침 소리와 함께 문을 활짝 열고 들어왔다.

"내 이럴 줄 알았다. 빨리 돌아가!"

병호를 보자마자 호통을 치는 좌근 때문에 무색해진 병호가 머뭇거리자 그의 호통이 다시 한 번 떨어졌다.

"자네는 어느것이 중요한 지도 모르는가? 때로 자를 때는 냉정하게 자를 줄도 알아야지. 빨리 가!"

이 정도까지 나오면 안 돌아가는 것이 결례라 병호는 두 사람에게 목례를 건네고 유근의 방을 빠져나왔다.

그러고도 잠시 방 밖에 서 있으니 좌근의 목소리가 들려왔다.

"형님, 내일부터 병호는 오지 않습니다. 소제가 못 오게 했거든요. 지금부터 소제가 그 아이를 못 오게 한 이야기를 들려드릴게요."

여기까지 듣고 나서 병호는 더 이상 서 있다가 들키면 그 또한 멋쩍은 일이므로 일행 세 명을 데리고 자신의 집으로 향했다. 집으로 돌아가며 현실의 일을 생각하니 아직도 자신의 계획 중 상당 부분이 실현되지 않고 있었다.

자신이 병간을 하는 도중에도 이파가 찾아와 수시로 보고를 하고 갔으므로 모든 현안은 다 파악하고 있었다. 그의 보고에 의하면 미해결도 많지만 매듭지어진 현안도 꽤 여러 건 되었다.

자신이 직접 '교방사(教坊師)'라 이름 지어준 장악원 출신의 체아직… 노래와 춤을 가르치는 선생과, 또 본디부터 사설로 기생을 길러내던 기생 출신 명인 12명을 초빙하는데 성공했다. 물론 높은 보수는 필수였다.

또 마치 채홍사가 홍청을 모집하듯 전국에서 우수한 기생 후보 300명을 선발하는데도 성공했다. 물론 이 일은 검계의 적극적인 후원에 힘입은 바가 컸다.

또 소주방과 퇴선간 출신의 늙은 궁녀들 10명도 확보했고, 주로 한양에서 모집한 숙수 지망생 100명도 일찌감치 모집했다.

이렇게 네 건의 일이 예상보다는 빠른 시일 내에 모두 이루어졌기 때문에, 여각 세 채 짓는 것보다 이들을 가르칠 숙사부터 마련하는 게 시급했다.

그래서 이들의 숙사 용지로 선정된 송파장 부근의 밭 3천 평을 뇌물로 용도를 변경하고 이들의 숙사와 교습소부터 짓게 했다.

모집한 아이들을 맨바닥에 재울 수는 없는 일이므로 대규모 역부를 동원한 결과 숙사는 물론 교습소마저 얼마 전 준공을 보았다고 한다.

그래서 지금은 애초의 계획대로 그 대규모 인원이 세 채의 여각을 짓는 공사에 모두 투입되었다고 한다.

참고로 송파장은 강원도와 충청도, 경상도에서 한양으로 들어가는 길목에 위치해 있는 송파나루를 중심으로 한 상권으로, 전국 15대 장시의 하나로 꼽힐 만큼 크게 번성한 5일장(五日場)이 아닌 상설장이었다.

애초에는 일반 부상들이 서울 근교 교통상의 요지인 이곳에 근거를 두고 서울로 반입되는 지방의 상품들을 매점(買占)하여 이득을 취하려 몰려든 것인데, 이것은 육의전(六矣廛) 등 시전(市廛)상인들의 금난전권(禁亂廛權)의 영역을 피하기 위한 수단이기도 했다.

그러나 수집한 정보를 분류할 의금부나 포청의 중견 간부를 모집하는 일은 아직 이루어지지 않고 있었다. 병호가 기회 있을 때마다 정보의 중요성을 누누이 강조한 바, 이 일의 중요성을 너무나 잘 알고 있는 이파나 정충세이기 때문에, 쉽게 적임을 찾지 못하고 있는 모양이었다.

또 요정 터를 구하는 일은 말이 3만 평이지 워낙 크고 넓기 때문에 애초부터 한양 성내에서 구할 수 있는 일이 아니었다. 그렇다고 송파의 교습소처럼 한강 건너 마련을 한다면 접근성이 떨어져 장사를 실패할 확률이 높았다.

그래서 가급적 한강을 건너지 않는 범위 내에서 대지를 물색하다 보니 그런 공터가 존재치 않는다는 보고에 병호는 목하 고민 중에 있었다. 규모를 대폭 줄이던지 아니면 인근 산자락에 지을까 하는 생각을 하고 있었다.

이밖에 기생의 노동조합의 일종인 권번을 형성하는 일은 상당한 진척을 보이고 있었으나 아직도 계속 진행 중에 있었다. 또 2천석 이상의 선박을 짓기 위해 밤섬의 조선장 포섭하는 일 또한 진행 중에 있고, 머지않아 결실을 볼 듯하다는 보고였다.

또 병호가 언급한 경상(京商) 경쾌순의 소재도 파악해 놓은 상태였고, 이 시대의 대수학자 남병철을 포섭하기 위한 감시 또한 꾸준히 지속되어, 어느 정도 단초를 마련했다는 보고를 들은바 있었다.

이런저런 생각을 하다 보니 어느덧 병호는 자신이 전에 묵었던 자신의 방에 도착해 있는 사실을 인지하고, 너무 한 곳에 몰입한 것이 아닌가 하는 생각을 했다.

                    *   *   *

이월 초엿새.

이제 해가 바뀌어 설도 쇠고 병호의 나이 열세 살이 되었다. 이날 새벽부터 밤새 외박을 한 이파가 들이닥쳐 소란을 피웠다.

"저가, 기침하셨습니까?"

이파의 들뜬 음성에 병호가 방문을 열며 물었다.

"내가 온 것은 어떻게 알았지?"

"장쇠며 호위 무사들을 보면 모릅니까?"

"하긴, 내가 바보 같은 질문을 했군. 날이 차니 어서 들어오시게."

"네."

그가 방으로 들어와 좌정하자 병호가 물었다.

"무슨 일인데 새벽부터 싱글벙글인가?"

"드디어 남병철이 기생집에 출입하는 이유를 알아냈습니다."

"기생집을 출입하는 데도 달리 이유가 있나?"

"그는 특별했사옵니다. 저가!"

"그래? 그 이유가 궁금하군."

"한마디로 아름다운 기생을 화폭에 담기 위해서 입니다."

"하하하……! 그 사람에게 그런 괴상한 취미가 있었어?"

"전에는 집에서 부인만 그리더니, 이제 부인에게도 싫증을 느꼈는지 벌써 두 번째 옮긴 기생입니다."

"하면 첫 번째 기생에게서 단서를 얻었으면 보다 빨리 그의 괴벽을 파악했을 것 아닌가?"

"매월(梅月)이라는 기생이 얼마나 도도한지, 권번에도 가입을 하지 않고 방에서 무슨 수작질을 했느냐고 물어도, 답을 않으니 시일이 좀 제치되었습니다."

"흐흠······! 그런 일이 있었군. 하지만 그의 괴벽을 발견했다고 해서 그를 우리 편으로 끌어들일 수 있는 것은 아니잖은가?"

"저가께서 용서하신다면 한 가지 계책이 있습니다."

"무슨 계책인지 서슴없이 말씀해 보시게."

"송구하나 지홍을 이용하는 것입니다. 저가!"

"흐흠······! 지홍의 미모라면 그의 구미가 당기고도 남지."

병호는 이파의 지홍이라는 말만 들어도 그가 무엇을 기도하려는지 간파하고 잠시 생각에 잠겼다가 말했다.

"그녀를 이 집으로 불러올린다면 그가 가르치던 기생들이 좀 곤란할 것 같은데?"

"벌써 1년 가까운 세월인데, 지금쯤은 아마 지홍도 가르칠 것은 다 가르치지 않았을까 생각되어집니다. 하니 금번에 아예 숙사의 뛰어난 교방사를 하나 내려 보내, 그의 가르침을 받는 것도 명기를 양성하는 데는 좋은 일이 아닌가 합니다."

"좋아! 당장 사람을 보내 그녀를 불러올려."

"네, 저가! 하고 오늘은 제가 포섭한 조선장을 만나보시는 것이 어떻겠사옵니까? 아니면 경쾌순을 처리하든지요."

"경쾌순 문제는 당장 시급한 것이 아니니, 본격적으로 신치도에서 천일염이 양산될 때까지 기다리시게."

"알겠습니다. 하면 조선장을 만나보시겠습니까?"

"구한 조선장은 몇 명인가?"

"2천석의 배를 짓는 일이 흔한 일은 아닌지라, 명장 구하기가 하늘의 별 따기만큼이나 어렵습니다. 그래서 겨우 1명 내락을 받아놓은 상태입니다. 저가!"

억울하다는 듯 말하는 이파를 보며 병호가 말했다.

"알겠네만, 그간 밤새우는 일을 밥 먹듯 했더니 며칠 푹 쉬었으면 좋겠네."

"아, 소인의 생각이 짧았습니다. 미처 거기까지는 헤아리지 못했사옵니다."

곧 이파가 물러가자 병호는 정말 긴 휴식에 들어갔다.

*　　　　*　　　　*

그로부터 오일 후인 2월 11일, 저녁 무렵이었다. 기다리던 지홍이 강경에서 올라왔다. 그런데 예상치 못한 한 인물이 동행하고 있었다. 부친의 친구였던 윤의였다.

"서방~ 님!"

대담하게도 달려들어 병호를 안으려는 지홍을 뿌리친 병호가 윤의를 향해 인사부터 차렸다.

"어쩐 일이십니까? 아저씨!"

"왜? 내가 못 올 데를 왔나?"

"그건 아니지만 예상치 못한 일이라……."

병호가 끝말을 얼버무리자 윤의가 미소 띤 얼굴로 말했다.

"이참에 나도 모처럼만에 한양 구경 좀 한번 하려고."

"아무튼 잘 오셨습니다. 어서 안으로 드시지요."

"험, 험… 그럴까?"

병호가 안내하는 대로 사랑채로 향하는 윤의를 보고 무슨 일이 있음을 직감했다. 구경 삼아 그냥 올라올 그의 성정이 아니었기 때문이었다. 아무튼 일단 윤의를 자신이 머무는 사랑채로 들여보낸 병호는 그제야 지홍과 마주섰다.

"잘 지냈고?"

"홍……!"

병호의 인사가 무색하게 매몰차게 돌아서는 지홍이었다. 그녀의 나이도 어언 올해 스무 살이다. 그러니 성숙하다 못해 농익은 그녀가 옅은 지분 냄새를 풍기며 돌아서자 병호가 그런 그녀를 향해 물었다.

"삐친 거야?"

"그럼요. 누구는 반가워 한 번 안아보려는데 매몰차게 뿌리쳐요?"

"어른에게 먼저 인사를 드리는 게 예의지."

"고리타분하기는 여느 유생과 다름없네요. 나는 좀 다르게 보았다만."

"알았어. 알았으니 그만하고 안채에 가 있어. 하면 내게 아저씨와 마저 이야기 나누고 갈 테니."

그제야 방긋 웃음을 띠고 돌아선 그녀가 말했다.

"그간 키도 많이 자랐고 많이 숙성해진 것 같은데, 오늘 밤 어때요?"

"큭큭큭……!"

그녀의 말에 주변에 있던 이파를 비롯해 장쇠 및 호위 무사들이 억지로 웃음을 참는데 병호가 일갈했다.

"씻고 기다려!"

"헤……!"

병호의 상상치 못한 말에 정작 말한 당사자가 더 놀라 입만 헤벌리고 있었다.

지홍이 그러거나 말거나 병호는 아예 그녀를 무시하고 윤의가 기다리고 있는 자신의 방으로 향했다. 그리고 장쇠에게 지시했다.

"주안상 좀 준비해 줘."

"네, 도련님!"

"가시죠. 아씨!"

주안상을 준비하려면 정충세가 구해준, 안채에 기거하는 하녀에게 통보를 해야 했으므로, 장쇠는 가는 길에 지홍이 안채로 들기를 청했다.

그제야 정신을 차린 지홍은 병호가 보거나 말거나, 그에게 방긋 미소를 짓고는 장쇠의 뒤를 따랐다.

곧 방으로 들어간 병호는 아랫목이 따뜻한지 손을 넣어보며 아랫목에 앉아 있는 윤의에게 엉거주춤한 자세로 물었다.

"아저씨, 솔직히 무슨 일이 있는 거죠?"

"험, 험… 벌써 1년이 다 되어 예정대로라면 1기의 졸업식이 다가오지만, 근본적인 해결책을 강구치 않고서는 앞으로도 이런 문제가 재발될 것 같아, 건의를 하고자 온 것이네."

"말씀하시죠. 무슨 문제가 되었든."

"다른 것이 아니야. 학생들이 실용 학문에는 관심이 적어. 아니 거의 없어."

"네?"

전혀 생각지도 못한 말에 병호가 반사적으로 묻자 여전히 심각한 안색의 윤의가 곧장 답했다.

"딱딱한 수학 같은 것에는 전혀 흥미가 없고 오로지 한문, 한문, 사서삼경 등이나 가르쳐 달라는 거야."

"그거야, 정말 생각하지 못한 문제군요."

"내가 볼 때는 5백 년간 내려온 인습이 그대로 상존해 있어, 학생이나 그들 부모의 말을 들어보면, 아직도 한문 교육을 최고로 쳐주고, 실업교육이나 양이의 학문은 아주 천하게 여기고 있네."

"허, 허… 그런 일이……!"

"하니 무언가 근본적인 대책이 필요하지 않은가?"

"내 이놈들을 당장……. 저희 부모들은 한 자라도 더 배우게 하려고, 기를 쓰고 학당에 넣었건만……. 아무래도 정신교육부터 시켜야겠습니다."

"동감이네."

잠시 심각한 얼굴로 생각에 잠겼던 병호가 극약 처방을 했다.

"전원 유급을 시켜야겠습니다."

"하면 새로 들어오려는 학생은 어찌하고?"

"학사를 더 늘려 그들은 수용하는 방안으로 하고요."

"허허, 거참……!"

"하고 도덕교육을 신설해 예절 교육은 물론, 개혁을 하지 않고 서양 학문을 배우지 않으면, 이 시대의 조류에 살아남지 못한다는 것을 강조해야겠습니다."

"일단 그렇게 해보기로 하세."

말하는 윤의의 표정은 썩 밝지 못했고, 자신 있는 표정은 더더욱 아니었다. 이런 일이 약 50년 후에도 일어났는데 지금은 말해 무엇하겠는가.

1895년 4월.

한성사범학교 개교에 즈음하여 고종이 칙령(勅令)을 반포했다.

'독서나 습자로 옛 사람의 찌꺼기 줍기에 몰두하여 시세의 대국에 눈 어두운 자는 비록 그 문장이 고금을 능가할지라도 쓸데없는 서생에 지나지 못하리로다. 이제 짐이 교육의 강령을 보이노니 헛이름을 물리치고 실용을 취할지어다.'

그러나 왕의 이런 깨인 사고와는 달리 학생들은 이에 부응하지 못했다. 가장 심각한 문제는 학생들이 공부에 대한 열의가 없다는 사실이었다. 학생들은 기대를 가지고 들어왔으나 곧 새로운 공부에 흥미를 잃었다.

그들은 그때까지 익혀 왔던 사서삼경을 배우는 것이 더 재미있지, 세계 역사니, 지리니, 수학 같은 건 아무짝에도 필요없는 것으로 인식하고 있었다. 그래서 다른 공부는 그만하고 한문을 가르쳐 달라고 요구하기에 이르렀다.

고종 임금이 쓸데없는 서생이라는 표현을 쓰면서 실용적인 교육을 강조했던 대국민 호소문이 먹혀들지 않은 것이다. 그들은 아직도 한문 교육을 최고로 쳐주었고, 실업교육은 천하게 여겼으며, 여자들에게 글을 가르치는 것 역시 천하게 여겼다.

그런 자신들과 대립되는 사람들을 그들은 스스럼없이 개화당이라 부르고 있었다. 갈등은 곧 수백 년의 인습에서 빠져나오느냐 마느냐 하는 문제에서 비롯된 것이다.

아무튼 이렇게 되면 애초 병호가 세웠던 계획에 차질이 생길 것이 분명했다. 병호는 곧 모종의 수를 써, 성적 우수자 일부를 유학 보내고자 계획을 세워두었다. 그런데 서양 학문을 우습게 여기는 자들을 유학 보내봐야 괜한 헛고생이다 싶었던 것이다.

결론은 정신 개조가 먼저라는 판단이 선 것이다. 아무튼 곧 주안상이 들어왔고, 술을 들기 전에 병호는 자신이 궁금한 사항부터 물었다.

"염전은 어떻게 되어가고 있습니까?"

"그건 계획대로 삼월이면 생산을 시작할 수 있을 것이네. 마무리 공사가 한창인 것을 보고 올라왔으니까. 객주가 애 많이 썼어. 직접 섬으로 건너와 농한기를 맞은 부녀자들이고 노인이고 할 것 없이, 전부 동원하여 공사를 진척시킨 게, 공기를 맞추는데 큰 힘이 됐어."

"그런 일이 있었군요."

이후 두 사람은 앞으로의 일에 대해 이런저런 이야기를 나누며, 근 반 시진동안 술을 나누어 마셨다. 이어 들어온 석찬을 드는 둥 마는 둥 하곤 병호는 식사를 마치자마자, 윤의를 그가 머물 방으로 안내토록 했다. 그리고 그는 지홍이 기다리는 안채로 향했다.

"험, 험!"

안채에 당도한 병호가 큰 헛기침 소리를 내자 안방 문이 활짝 열렸다.

"어서 오세요."

처음과 달리 조신하게 맞는 그녀를 일별한 병호가 방으로 들어와 아랫목에 자리를 잡자 그녀가 물었다.

"저녁은요?"

"자네하고 먹으려고 아직 안 먹었네."

입술에 침도 안 바르고 태연하게 거짓말을 한 병호가 은근한 눈길로 그녀를 바라보자 지홍이 말했다.

"그러실 줄 알고 천첩도 기다리고 있었사옵니다."

"술부터 한잔할까?"

"전주(前酒)가 계신 것 같은데요?"

"목만 축였을 뿐이야."

"정 그러시다면 한잔하시죠."

말이 끝나자마자 발딱 일어난 지홍은 곧 자신의 집이라도 되는 양 하녀를 불러 익숙하게 지시를 내렸다. 그녀가 다시 자리에 돌아와 앉자 병호가 심각한 표정으로 물었다.

"정녕 네가 나의 첩으로 들어오길 원하느냐?"

"그걸 말이라고요. 지금껏 농담으로 알아들으셨다면 많이 서운합니다."

"험, 험… 지금까지는 피치 못할 사정이 있어 내 너를 살갑게 대하지 못했으나, 앞으로는 정답게 대할 것이니 그리 알아라."

"하옵시면 천녀를 첩으로 인정하시는 것이옵니까?"

"언젠간 정식으로 날 받아 아예 격식을 갖추자구나."

"그날이 언제이옵니까?"

"한꺼번에."

"아, 강경에 있는 본처와 한날한시에 말이죠?"

"그래."

"그전에……."

부끄럽다는 듯 살포시 홍조를 띠고 몸을 외로 꼬는 경국지색의 미녀를 보고 병호가 정색을 하고 말했다.

"아직 여물지도 않았어."

"에이, 그러면 좀 기다려야겠네요."

실망하는 그녀에게 병호가 말했다.

"그렇다고 널 기쁘게 해줄 수 없는 것은 아니지."

"됐사옵니다. 사양, 사양이옵니다."

"하하하……! 그러니 더 구미가 당기는걸."

"그런 말씀 마시옵소서. 천첩은 의당히 서방님과 한 몸이 되는 걸 원하고 있사옵니다."

"알았다, 알았어!"

이때 밖에서 하녀 정님이 고하는 소리가 들렸다.

"주안상 올릴까 합니다."

"그래, 들여라."

병호의 말이 떨어지자, 제법 반반하게 생긴 18세의 정님이 조심스럽게 주안상을 들고 들어와 양인의 중간에 놓았다. 그녀가 뒷걸음으로 물러가자 병호가 의젓하게 말했다.

"한잔 쳐봐라."

"네, 서방님!"

곧 지홍이 조신하게 술을 따르고 병호 또한 실랑이 끝에 그녀의 잔에도 한잔을 따라주었다.

"자, 우리 건배 한번할까?"

"네!"

"우리의… 뭐로 건배사를 할까?"

"영원한 사랑을 위하여!"

"아니, 건전한 성생활을 위해서."

"핏……!"

"하하하……!"

곧 잔을 가볍게 부딪친 두 사람은 잔을 비우기 시작했다. 병호가 순식간에 한 잔을 비우고 머리에 대고 잔을 털었다.

"호호호……!"

이런 모습은 처음 보았는지 그녀가 소리 내어 웃으며 자신도 병호를 따라 했다.

"좋았어! 우린 잘 맞을 겟 같아."

"기대가 크옵니다."

"애무도 남과는 다를 것 같지 않아?"

"그럴 것 같사옵니다. 상식적인 판단을 넘어선 분이니까요."

"그런 의미에서 오늘 어때?"

"상인의 덕목에 인내는 필수라 하지 않사옵니까?"

"그 말을 두 번째 듣는구나."

"또 누가 그런 말을 했사옵니까?"

"그런 시시한 말은 그만두고, 갑자기 귀가 몹시 가렵구나. 귀지 좀 파주라."

"호호호……! 정말이시옵니까?"

"속고만 살았느냐?"

"네."

예상치 못한 그녀의 답변에 흥이 깨질 것 같아 병호가 얼른 그녀의 무릎을 베고 누우며 말했다.

"빨리 귀지나 파!"

"무엇이 있어야……."

말과 함께 잠시 두리번거리던 그녀가 갑자기 머리에 꽂은 비녀를 들고 귀를 파려했다. 이에 깜짝 놀란 병호가 그녀의 무릎에서 벌떡 일어나 외쳤다.

"내 너를 벌주어야겠다!"

"호호호……!"

"무엇이든 달게 받겠사옵니다."

"분명 약조했다?"

"네."

서슴없이 고개를 끄덕이는 그녀에게 병호는 자신의 계획을 한동안 속삭였다.

그러나 이야기를 다 듣고 난 지홍은 처음의 자신 있어 하는 태도와는 달리 완강히 거부했다. 그런 그녀를 한동안 어르고 달래서야 병호는 그녀의 승낙을 득할 수가 있었다.

제10장
인재(人才)下

다음 날 밤.

밤은 제법 깊어 이경으로 치닫고 있는 즈음이었다. 천향원(天香院)이라는 기루에 팔 인이 나타났다. 병호, 정충세, 이파, 장쇠를 비롯한 네 명의 호위 무사였다.

"어서 오세요!"

많은 손님이 들자 기생 어미가 반갑게 맞이했다. 그러나 기생 어미의 반가움은 옆에서 들리는 시끄러운 소음에 덮였다.

"돈이 없으면 먹지를 말아야지. 다 처먹고 나 몰라라 하고 발랑 나자빠져. 에라이, 똥물에 튀겨 죽을 놈아!"

"아이고, 아고고, 나죽네!"

하는 짓과는 달리 예쁘장하게 생긴 기생 하나가, 나이 든 사내 하나를 엎어놓고 사내의 등짝을 발로 짓밟고 있었다. 이 소동에 병호가 눈살을 찌푸리며 기생어멈에게 물었다.

"왜 저러는가?"

"그건 제가 저간의 사정을 잘 압니다."

기생 어미 대신 나선 것은 모처럼 함께한 정충세였다.

"무슨 사연이 있는 것이오?"

"저 도공 우명옥은 왕실의 진상품을 만들던 경기도 광주분원에서 스승에게 열심히 배우고 익혀, 마침내 스승도 이루지 못한 설백자기(雪白磁器)를 만들어 내 명성을 얻은 인물입니다. 허나 유명해진 것이 탈이죠. 그 때문에 많은 재물을 모았으나, 그 후 방탕한 생활로 모든 재물을 탕진하고도, 아직 정신을 못 차리고 저러고 다니고 있습니다."

"도공 우명우가 확실하오?"

"네!"

정충세의 대답을 듣는 것은 건성이었다.

그의 머리에는 이 순간 '계영배(戒盈杯)'라는 단어가 떠오르고 있었기 때문이었다.

그가 아는 상식으로는 동시대의 인물인 실학자 하백원과

우명옥이 계영배를 만들었다 했으니, 아마도 지금 눈앞에서 수모를 당하고 있는 자가, 그 사람일 것 같다는 생각이 들고 있었다.

이에 병호가 갑자기 기생 어미를 향해 소리쳤다.

"저 사람이 먹은 술값이 얼만가?"

"네? 나리께서 계산이라도 해주시게요?"

"그래!"

"닷 냥이에요."

"많이도 먹었군, 쌀 한 가마값을 먹었으니……."

중얼거리던 병호가 이파를 향해 지시했다.

"대신 계산해 줘."

"네? 우리가 뭣 때문에……?"

"어허……!"

병호가 눈을 부릅뜨자 깜짝 놀란 이파가 얼른 기생 어미를 한쪽으로 데려가 셈을 하기 시작했다.

이파가 셈을 끝내자 이 모든 상황을 지켜보고 있던 우명옥(?)이 병호 발치에 급급히 부복해 감사를 표했다.

"목숨을 구해주신 은혜 감읍하옵니다. 도련님!"

"무슨 목숨씩이나? 자네의 이름이 뭔가?"

"우명옥이라 하옵니다, 도련님!"

"도공이고?"

"네, 도련님!"

"광주분원 소속이었고?"

"네."

족집게처럼 맞추자 점점 들려진 그의 얼굴이 이제는 병호의 무릎 근처에서 놀고 있었다. 그런 그를 향해 병호가 빙긋 웃으며 물었다.

"사람이 은혜를 입으면 갚는 것이 도리 아닌가?"

"그렇사옵니다, 도련님!"

"무엇으로 갚을 텐가?"

"그, 그것이……."

난처한 듯 망설이는 그에게 병호가 다시 한 번 추궁했다.

"자네의 장기로 갚아야지 무엇으로 갚겠나. 하니 설백자기로 계영배를 구워와."

"계영배가 무엇이옵니까? 도련님!"

'흐흠……! 아직 그 원리도 모르잖은가?'

내심 생각하며 병호가 물었다.

"분명 보답할 의향은 있지?"

"물론입죠, 도련님!"

"하면 잠시 기다렸다가 우리 일이 끝나면 함께 우리 집으로 가세. 하면 내 술과 음식을 먹고 싶은 만큼 푸짐하게 차려줄 것이야."

"고, 고맙습니다요. 도련님!"

곧 병호는 귓속말로 유명옥을 잘 감시하라 장쇠에게 이르고, 그동안 사라졌다 온 정충세에게 물었다.

"오늘도 있소?"

"그렇습니다."

"가봅시다."

"어찌 하시려고요? 그래도 나라의 녹을 먹는 관원인데요?"

"다 대처할 방법이 있으니 계주는 걱정 말고 따라 오기나 하세요."

말이 끝나자마자 멍하게 서 있는 정충세를 뒤로 하고 병호는 뒷짐을 쥔 채, 완전 팔자걸음으로 남병철과 기생이 들어 있는 방으로 향했다.

그리고 겁도 없이 툇마루에 오르더니 헛기침 소리 하나 없이 갑자기 문을 활짝 열어젖혔다.

깜짝 놀란 남병철과 기생이 동시에 소리를 질렀다.

"어느 놈이냐?"

"어머, 깜짝이야!"

두 사람의 놀람을 당연히 예상한 병호는 눈썹하나 까딱 않고 씨부렸다.

"보기 좋수다, 사돈! 장인어른이나 노부(魯夫: 김문근의 자) 어르신이. 이 모양을 보면 참으로 기뻐하실 텐데……."

그의 장인은 물론 김문근까지 들먹이자 사색이 된 남병철이 헛기침과 함께 겸연쩍은 목소리로 물었다.

"꼬마 도령은 누군데 나를 사돈이라 부르지?"

"후후후……!"

나직이 웃은 병호는 거침없이 방으로 들어가 아직도 뽀얀 젖무덤이 보일락 말락 하는 모습의 기생을 곁눈질하고는 바로 남병철의 귀에 다 대고 속삭였다.

"나, 규장각 직각 하옥(荷屋) 어른의 양자요."

"뭣이라고? 금시초문인데?"

"며칠 되지 않았소."

"험, 험. 그렇다 치고 여긴 어쩐 일이신가?"

"누가 밤이슬을 맞고 다닌다기에 내 뒤를 밟아 온 것뿐이오."

다시 원자세로 돌아와서 뒷짐을 쥐고 오만하게 천장을 보며 뇌까리는 병호의 말에, 기가 죽은 올 스물셋의 남병철이 어린 그의 발 앞에 부복해 하소연했다.

"제발, 고모부나, 하옥 영감께는 이르지 마시게."

"그건 규재(圭齋: 남병철의 호) 형님이 하는 양을 보고 결정하겠소."

"내가 어떻게 하면 되겠나?"

"보기 흉하니 이만 나가서 우리 서로 좋은 쪽으로 의논합시다."

"험, 험. 그럴까?"

마지못해 일어서면서도 그리다만 그림이 아까운지, 다 챙기는 그를 보며 병호는 실소를 금할 수 없었다.

그런 그는 원 역사에서 훗날 철종의 장인이 되는 김문근(金汝根)의 외질(外姪)로, 문근의 총애를 한 몸에 받은 인물이기도 했다.

아무튼 함께 방을 나온 병호는 그와 우명옥을 데리고 자신의 집으로 향했다.

*   *   *

병호의 거처에서 마주앉은 두 사람.

"내 사돈의 취미(?)는 존중하여 계속 기생은 공급해 주겠소. 그것도 남의 이목이 있으니 집으로. 물론 기존 기생이 질리면 새로운 기생으로 교체해 줄 것이고."

"어떻게 그게 가능한가?"

"알아보면 알겠지만 내게는 330명의 예비 기생이 있고, 여타 그들을 가르치는 명기들도 많으니 절대 흰소리가 아니오."

"그러고 나보고 학동들에게 수학과 천문학을 가르치라고?"

"네."

아미를 좁히며 잠시 깊은 생각에 잠겼던 그가 종내는 고개를 흔들며 말했다.

"그건 가문과 내게 많은 기대를 걸고 있는 주변 사람들을 생각하면 절대 받아들일 수 없는 제의일세. 벼슬만은 떠날 수가 없어. 그 대신 내 동생을 소개해 주면 어떻겠나? 비록 약관이지만 개도 천재야."

"육일재(六一齋) 병길(秉吉)을 말하는 것이오?"

"물론이네. 또 잘만 하면 백 년 내에 최고의 수학자로 손꼽히는 홍정하(洪正夏)와 쌍벽을 이룰 만한 인물로 평가받는, 당대 수학의 제1인자인 이상혁(李尙爀)도 소개해 줄 수 있어. 물론 그와 동생이 더 친밀하니, 내 손을 안 빌리면 더욱 좋고."

"으음……! 그렇단 말이죠?"

그의 말에 구미가 당긴 병호가 그에게는 다른 제의를 했다.

"하면 내 조만간 사돈의 품계를 올려주어 중요한 일을 맡길 테니, 조정의 돌아가는 정세나 가끔 들러 이야기해 주는 것은 어떻겠소?"

"그 정도야 얼마든지 가능하지. 그 대신 종전에 사돈이 내게 제시한 조건은 충족시켜 줘야 하네."

"물론이죠."

"하하하! 이거야말로 전화위복 아닌가?"

대단히 기뻐하는 그를 보며 병호는 몰래 가느다란 미소를 지었다.

밤이 깊자, 병호는 그가 하룻밤 묵어갈 수 있도록 거처를 정해주고, 기다리고 있던 도공 우명옥을 자신의 방으로 불러 들였다.

"소인이 어찌 하면 되겠사옵니까? 도련님!"

"기생집에서 내 이르지 않았는가? 설백자기로 계영배를 구워오라고."

"물론 그렇게 할 마음은 있으나, 어떻게 만드는 것인지 몰라 서……."

"허허, 거참……!"

'이런 자가 어떻게 훗날 계영배는 만든 것이지?'

알 수 없다는 표정을 지으며 병호는 대기하고 있는 장쇠를 불러 전재룡을 불러오도록 했다.

머지않아 전재룡이 자고 있었던지 눈곱을 떼며 들어오자, 병호는 자신이 먼저 방바닥에 손수 길이가 각각 다른, 거꾸로 된 U자 관을 그렸다. 즉 거꾸로 된 U자 이되, 하나는 짧고 하나는 길게 그려, 중력차를 이용하게끔 했다.

그러니까 병호는 지금 계영배에 적용된 사이펀(siphon)원리를 설명하고 있는 것이다.

이 원리는 공기나 물처럼, 유체의 경우 압력은 단위시간당 지나가는 유체의 부피/통과하는 단면적이 되는데, 갑자기 좁은 곳으로 많은 물질이 지나가기 때문에 압력이 강해지게 된다.

따라서 그는 옮기기 위험하거나 힘든 액체를 기압차와 중력을 이용하여 쉽게 다른 곳으로 이동시킬 수 있는 연통형의 관으로 이 원리를 설명해 주고 있는 것이다. 아무튼 지금 이곳에 빨대가 있으면 직접 물에 잠기게 하여 보여줄 수 있으나, 적당한 관이 없는 관계로 말로 양인을 깨우치는데 근 일각의 시간이 소요되었다.

어찌되었든 이제는 원리까지 깨우친 우명옥이었으나 그의 표정은 여전히 어두웠다. 병호가 그에게 물었다.

"무슨 근심이라도 있나?"

"소인이 설백자기를 만들어 큰돈을 만진 것까지는 좋았으나, 너무 우쭐한 나머지 그 돈으로 방탕한 생활을 한 지 벌써 10년이 넘었습니다. 그런고로 스승님과도 척을 지게 되었고, 광주분원으로 돌아가기도 어렵게 되었습니다."

"흐흠… 그렇다라? 그럼 이렇게 해봄세. 그러니까 전라도 강진에 가면 칠량옹기라는 도요가 있어. 그곳에 우리가 금년 봄까지 무려 3만 5천 장의 판상재를 팔아주었으니, 내 말이라면 괄시를 하지는 않을 걸세. 하니 가서 내가 써준 서신을 전하고, 그곳에 들러붙어 우선 설백자기로 계영배부터 만들어. 그러면서 틈틈이 스승께도 사죄 서신을 작성해 올리는 것이지. 하면 부모나 스승의 마음은 한결같아서, 그 자식이나 제자 이기는 사람 없으니, 끝내는 용서하실 게야. 그때는 또 다른 임무가 있네."

"무슨 명이든지 하명만 하십시오, 나리!"

들으면 들을수록 앞의 꼬마 도령이 보통 아니라는 생각에 그의 어투나 호칭이 달라지고 있었다.

"내 계획으로는 큰 도요가 필요해. 그곳에서 붉은 벽돌이나 여러 다른 많은 것들을 만들어야 해. 하니 스승 곁으로 돌아가면 뛰어난 장인들을 스승과 함께 많이 포섭해 주었으면 좋겠어."

"붉은 벽돌은 또 뭡니까?"

"그건 나중에 제조법까지 알려줄 테니, 그때 가서 이야기하도록 하자고. 내가 한 이야기를 추진함에 있어서, 모든 것이 빠르면 빠를수록 좋아. 자아, 내 말 무슨 말인지 알아듣겠지?"

"물론입니다요. 명대로 신명을 바쳐 따르겠습니다요. 소인놈의 직감입니다만, 나리를 따르다 보면 재미있고 나라에 기여

하는 일이 많을 것 같습니다요."

"잘 보았네. 그러니 딴 맘먹지 말고, 내 말대로 해. 그에 드는 경비는 내가 다 지원해 줄 테니까."

"감읍하옵니다요. 나리! 이 못난 놈에게 새로운 세상을 열어주셨으니, 소인놈의 절 받으십시오."

"좋아!"

우명옥의 절을 거절하지 않고 재대로 받은 병호는 대기시켜놓았던 술상을 들이게 해 그와 본격적으로 술잔을 기울였다.

*   *   *

다음 날 새벽.

밤새 많은 술을 마셨음에도 불구하고 병호는 여느 날과 다름없이 새벽같이 일어났다.

아무래도 이 몸뚱이도 술에 적응이 되어가는 것 같았다. 곧 세면을 마치고 의관을 정제한 병호는 윤의가 머무는 방으로 향했다.

"기침하셨습니까? 아저씨!"

"들어오시게."

그도 벌써 일어나 의관을 정제하고 책을 읽고 있는 중이었

다. 병호가 들어오자 책을 옆으로 치운 그에게 병호가 물었
다.

"오늘 내려가신다고요?"

"가야지. 가서 미우나 고우나 그놈들하고 다시 씨름을 시작
해야지."

"저도 아이들 때문에 고민을 많이 해봤는데, 이렇게 하는
것은 어떻겠습니까?"

"말씀해 보시게."

"그 아이들 모두를 훈장으로 만든다고 선언하는 것입니
다."

"그런다고 달라질까?"

"제가 모르고서야 남을 어떻게 가르칩니까? 가르치며 배운
다는 말도 있듯이 사실 훈장이 많이 필요하기도 합니다. 제
예상으로는 곧 서해안 곳곳에 대규모 염전이 조성될 것이고,
그 역부들 중의 자녀들도 가르치려 합니다. 교육만이 이 조선
을 개혁하는 지름길이라 생각하기 때문이니 다른 오해는 마
세요."

"누가 뭐라나?"

"하고 내려가시는 대로 당장 성적이 제일 뛰어난 아이들 30명
만 선발하여 저희 집으로 보내주시면 고맙겠습니다."

"그 아이들을 뭣에 쓰려고?"

"그 아이들을 통해 몇 가지 실험을 하려 합니다. 하고 내려가시는 대로 구장복에게 일러 올해 받을 학생들의 학사부터 지으라고 일러주세요."

"알겠네."

"곧 건너오세요. 조반이나 같이하고 헤어지죠."

"그럼세."

곧 자신의 방으로 돌아온 병호는 우명옥의 상도 비록 윗목이지만 같이 들이게 하여 함께 식사를 했다. 그 결과는 바로 나타났다. 비록 윤의가 상을 찡그렸지만, 반상의 법도가 지엄한 세상에서 유명옥은 크게 감격해, 콧물인지 밥물인지 모르고 훌쩍이며 식사를 마쳤기 때문이었다.

아무튼 병호는 바로 둘을 보내고, 남병철이 머문 방을 확인하러 갔다. 정말 장쇠의 말대로였다. 남의 눈이 무서운지 그는 벌써 도망가고 없었던 것이다. 허허거리며 방을 나온 병호는 곧 밝아오는 햇살을 보며 힘껏 기지개를 켰다.

"참으로 날씨 좋다!"

날씨 타령만 하고 있을 때가 아니었다.

신치도에서 학생들 30명이 올라오면 그들을 당분간 가르치고 머물 공간이 필요했다. 그래서 병호는 장쇠에게 이파를 불러오게 했다. 잠시 후 이파가 장쇠와 함께 나타나자 병호가 그에게 말했다.

"머지않아 신치도에도 학생 30명이 올라올 것이오. 그러면 그들이 배우고 머물 공간이 필요하니 가장 넓은 안채를 탁 트고, 나머지 집도 대대적인 수리를 했으면 좋겠소. 하고 우리는 하옥 영감이 하사해 준 바로 옆집으로 이사를 하도록 합시다. 가능한 서둘러 주시오. 별로 시간이 없을 것 같소."

"알겠습니다. 저가!"

그가 답하고 물러가자 병호는 장쇠에게 명했다.

"자네는 날 따라오게."

"어디 출타하십니까?"

"황산대감 집을 안 들른 지 며칠 됐잖아? 하옥 영감이 발길을 끊으라 했지만 사람으로서 어찌 그럴 수 있어. 종종 들러 문안이라도 여쭙는 것이 도리 아니겠어?"

"맞습니다. 가시죠."

맞장구를 치며 장쇠가 앞장을 서자, 어젯밤 잘 시간에도 수행을 해 눈이 충혈 된 신용석과 강철중의 호위하에 병호는 김유근의 집으로 향했다.

머지않아 그가 기거하는 행랑채에 도착한 병호가 문 밖에서 헛기침을 하자 곧 문이 열리며 금순이 얼굴을 내밀었다.

"어서 오세요."

"고생이 많지?"

병호의 인사에 감사의 뜻으로 고개를 숙여 보인 그녀가 한

옆으로 비켜서자 병호는 바로 방에 발을 들여놓았다. 그런데 유근의 옆에는 낯선 인물 한 명이 있다가 자신을 빤히 바라보고 있었다.

이에 병호는 내심 집히는 것이 있었으나 모른 척하고 우선 유근에게 문안 인사부터 올렸다.

"좀 차도가 계십니까?"

병호의 인사에 유근은 비록 말은 못하지만 비틀린 입술로 따뜻한 미소를 보내려 애썼다.

곧 방을 둘러보던 척하던 병호가 뒤의 금순에게 다가가 낮게 물었다.

"저 사람은 누구지?"

금순 또한 낮게 속삭였다.

"아우(좌근) 되시는 분이 소개한 유진길(劉進吉)이라는 서학쟁이옵니다."

"흐흠……!"

서학쟁이라는 말에 침음한 병호가 고개를 끄덕이며 유진길에게 다가갔다.

"나 김병호라고 대감님의 9촌 조카 되는 사람이오."

"대감님께 정성이 지극하셨다는 말을 익히 들어 알고 있습니다. 하고 저는 역관 출신의 중인 신분이니 말씀 낮추시는 게 좋겠습니다."

고개를 끄덕인 병호가 빛나는 눈으로 유진길에게 물었다.

"좀 전 금순에게 들으니 천주교 신자라고?"

"예, 그렇사옵니다. 하옥 영감의 부탁을 받고 대감님께 교리를 가르치는 대로 세례를 받을 수 있도록 주선할 생각입니다."

당당한 그의 말에 살짝 눈살을 찌푸린 병호가 말했다.

"삼당숙님의 마음이야 익히 알고 있지만, 나라에서 금하는 것은 당신도 잘 알 것이니, 주변에 피해가 없도록 기밀 유지에 각별한 주의를 기울여야 할 것이오."

"명심하겠사옵니다."

고개를 끄덕인 병호가 빠른 걸음으로 유근에게 다가가 말없이 한동안 그의 전신을 주물러 주었다. 그렇게 일각을 보낸 병호는 다음에 또 들리겠다는 말을 남기고 유근의 방을 나왔다.

곧 완전히 그의 집을 벗어난 병호의 입가에 알 듯 말 듯한 비릿한 미소가 맺혔다. 곧 이사를 하는 있는지 어떤지 확인하기 위해 집으로 돌아온 병호는 예상치 못한 손님과 마주하게 되었다.

사랑채 앞에서 약관의 청년이 서성이고 있었다. 그는 병호가 나타나자 바로 접근해 말을 걸어왔다.

"금방 올 것이라 해서 기다리고 있었소이다. 형님의 이야기를 듣고 온 남병길이라 하오."

병호는 내심 '남병철이 되게 급했구나!'라 생각하며 그에게 물었다.

"아! 형님이 새벽부터 들렀던 모양이지요?"

"그렇소이다."

"뭐라 하던가요?"

"가보면 네 앞길에 분명 도움이 되는 이야기가 있을 것이라 하셨습니다."

"하하하……! 아무튼 잘 오셨소이다. 나 김병호라 합니다. 자, 방으로 들어가실까요?"

"그럽시다."

수리를 한다 해도 인원 수배 등 시간이 걸릴 것 같아 병호는 남병길을 청해 자신의 방으로 들어갔다. 곧 두 사람이 마주 앉은 가운데 병호가 먼저 입을 떼었다.

"형님에게 대충 이야기를 들었는지 모르겠지만 내 개인적으로 학생들을 모집해 가르치려 하오. 학생이 최소 200명은 될 것인데, 그들에게 수학과 천문학을 가르쳐 줬으면 좋겠소이다. 물론 한 명이 가르치는 것은 아니요. 아무튼 내 녹봉은 섭섭지 않게 드리리다. 최소 당상관 이상의 녹을 지급할 테니, 뜻을 함께해 보지 않겠소?"

"음……."

생각에 잠겨 있는 그에게 병호가 덧붙였다.

"내 주변에는 그렇게 해서 나와 뜻을 같이하는 분들이 꽤 여럿 되오. 대부분 실학자들이나 수학에도 꽤 조예가 깊소. 그런 그들과 학문적 토론도 하며 후생들을 가르친다는 것도 보람 있는 일 아니겠소?"

여전히 병호의 간절한 설득에도 침묵을 유지하던 그가 종내는 고개를 흔들며 말했다.

"내 뜻은 거기에 있질 않소. 출사(出仕)가 목표요."

"한 번 더 생각해 주시면 안 되겠습니까?"

병호가 간절한 염원을 담아 그 앞에 고개까지 조아렸으나 이어 나오는 그의 답변은 여전히 부정적이었다.

"아무래도 안 되겠소이다."

"정 그렇다면 이상혁이라는 대수학자라도 소개시켜 주시오."

"그야 못할 건 없지만 그의 뜻은 나도 알 수 없소."

"소개만 시켜주신다면 그 나머지는 제가 간절히 설득해 보겠습니다."

"알겠소. 오늘은 힘들 것 같고 내일은 보내 드릴 수 있을 것 같소."

"하면 이 집이 아니라 바로 좌측 옆집으로 보내주시오. 오늘 그 집으로 이사를 하려하거든요."

"알겠소."

답한 그가 바로 자리에서 일어나자 병호가 예의상 만류를 했다.

"차를 준비시켰는데 차라도 한잔하시고⋯⋯."

"다음에 기회가 되면 마시도록 하겠소."

어쩔 수 없이 병호는 그의 뜻을 존중해 그를 따라 나가 대문까지 전송을 해주었다.

＊　　　　＊　　　　＊

다음 날 저녁.

이상혁이 남병길의 약속대로 홀로 병호가 이사한 옆집으로 찾아왔다. 저녁상을 물린 지 반 시진쯤 지난 술시 정(戌時 正: 오후 8시)쯤 되어서였다.

곧 장쇠의 아룀에 문을 활짝 열고 과장되게 버섯발로 섬돌까지 내려가 맞은 병호가 그를 안으로 청했다.

"어서 오시오. 아니래도 목이 빠지도록 기다리고 있었소. 벌써 내 목이 반 자(尺)는 튀어나온 것 같지 않소?"

"허허⋯⋯!"

분명 웃음은 웃음이었으나 만족한 웃음이 아니라 어딘가 조금은 어이없다는 듯한 웃음이었다.

이에 그의 성정을 파악한 병호는 한결 진중해진 모습으로 그를 안으로 청했다.

　"어서 안으로 드실까요?"

　"그럽시다."

　곧 실랑이 끝에 중인 출신의 이상혁을 아랫목에 앉힌 병호가 물었다.

　"퇴청하시고 바로 오신 길이오?"

　"아니, 집에 들러 저녁을 먹고 오는 길이오."

　"어허, 바로 오셔서 석찬이라도 함께하실 것을."

　여기까지 말한 병호가 잠시 실례한다는 말을 남기고 자리에서 일어나 장쇠에게 주안상을 준비하도록 일렀다. 그리고 다시 그의 맞은편에 앉은 병호가 물었다.

　"실례지만 지금 벼슬이……?"

　"출사한 지 벌써 10년이 다 되어가오만, 아직 종6품 주별제(籌別提)에 머무르고 있소이다."

　"허허, 그런 일이. 이는 분명 본인의 능력보다는 신분 때문에 그런 것이 아니겠소? 세상 천지에 어느 나라가 당대의 대수학자를 이리 천대한단 말이오? 천부 당 만부당한 조정의 인사에 통분을 금치 못하겠소."

　"제 출신이 그렇고 원래부터 조선의 인사 정책이 그런 걸 어찌하겠소?"

"실례지만 올해 몇이지요?"

"서른이오."

"그러고 보면 약관에 출사를 한 것인데……"

안타까운 듯 살짝 이마를 찌푸린 병호가 본격적으로 그의 설득작업에 들어갔다.

"내가 보기에는 오래 조정에 근무하셔도 큰 출세는 어려울 듯합니다. 이는 서로 공감하는 바와 같이 신분 때문 아니겠소? 헌데 나는 작금에 이런 부조리를 가급적 빠른 시일 내에 타파하고 싶소."

병호가 여기까지 말하자 그의 얼굴이 급격히 굳어졌다. 이에 병호가 급히 손을 흔들며 자신의 생각을 빠른 속도로 펼쳐나갔다.

"역성혁명을 하자는 것은 아니니 오해는 말아주었으면 좋겠소. 내 생각은……"

이렇게 시작된 병호의 장광설은 처음부터 솔직히 표현되었다.

궁극에는 입헌군주제를 시행하는 것을 시작으로 신분 계급이 없는 사회를 만들겠다.

그러자면 이들을 뒷받침할 세력을 길러야 하는데 기존의 고루한 사고방식을 가진 사대부들로서는 절대 안 된다. 따라서 상민 이하의 자녀들을 지금부터 가르쳐, 그들이 크게 성장할 즈음에는 개벽된 세상을 만드는 것이 자신의 꿈이라 했다.

그러니 당신이 아이들을 가르치는데 헌신해 달라. 보수는 최소 당상관 이상으로 지급해 주겠다는 내용을 그가 미처 뭐라 반응을 보일 새도 없이 일사천리로 설파했다. 그리고 그의 반응을 기다리니 신중한 그는 한참 동안 생각에 잠겼다가 입을 떼었다.

"정말 그게 가능하다 생각하는 것이오?"

이에 병호는 할 수 없이 보다 구체적인 내용을 가지고 설득 작업에 임했다. 그 시간이 무려 일각. 마침내 그가 그 가능성을 크게 보았는지 비로소 웃음이 감도는 얼굴로 답했다.

"좋소이다. 하면 지금부터 내가 무엇을 하면 되오?"

"머지않아 아이들이 한 30명 올라올 것입니다. 하면 이들을 가르치고 계셨다가, 만약 그들이 떠나는 일이 생기면 잠시 제 일을 도와주시면 됩니다. 그러다 다시 학교를 개교하면 그때 가서는 전적으로 그 아이들을 가르치면 됩니다."

"올라오는 것은 무엇이고, 떠나는 것은 무엇이오?"

"그건 이제 술을 들며 이야기하도록 합시다. 벌써 안주를 두 번씩이나 덥혀오도록 하니, 아무리 아랫사람들이라 하나 못할 짓 아닙니까?"

"그건 그렇소이다."

이렇게 되어 둘은 술을 마시며 한동안 이야기를 나누었다. 그러던 중 병호가 난처한 듯 망설였다가 기어이 자신의 생각을 입 밖으로 내었다.

"일전에 육일재가 제 제의를 거절한 바가 있습니다. 하지만 지수(志叟: 이상혁의 별칭)께서 다시 한 번 설득해보심이 어떻겠소? 누구보다 돈독한 사이로 알고 있는데 말이오."

"그도 나름 고집이 있으니 당장은 어렵겠고, 우리의 진행 상황을 보아가며 시간을 갖고 천천히 설득해, 기어코 우리의 사업에 투신하게 만들어야지요. 하하하!"

"하면 나는 지수만 믿겠소이다."

"믿고 맡겨주십시오."

술이 좀 들어가서인지 큰소리를 탕탕치는 그를 보고 빙긋 웃으며 물었다.

"집안이 예로부터 수학과 의술, 또 역관들과 엮여 있는 것으로 아는데, 누구 또 우리 사업에 동참시킬 사람은 없겠소?"

"물론 있습니다. 하지만 우선 내가 자리를 잡고, 그 모습을 보여줘야 설득력이 있을 것이니, 시간을 갖고 차근차근 진행하도록 하죠."

"좋소이다. 그렇게 하고, 언제부터 근무를 하겠소이까?"

"주변 정리를 하자면 시간이 좀 걸릴 것이니 며칠의 말미는 필요할 것 같습니다."

"그렇게 하도록 하고, 이제부터는 제대로 한번 마셔봅시다."

"하하하! 좋소이다."

이렇게 두 사람은 죽이 맞아 밤새도록 통음을 했다.

다음 날 초저녁.

자신의 딸이 효명세자(孝明世子: 순조의 아들로 후일 익종으로 추존됨)의 빈(후일의 조 대비)으로 책봉되어 세자를 수호한다는 명분으로 군권을 쥔 이래, 아직도 굳건히 군권을 쥐고 있는 조만영(趙萬永)의 넓은 사랑채에는, 그들의 세도를 뒷받침하는 중요 인물들이 모여 회의를 하고 있었다.

그 주요 면면을 살펴보면 동생, 조인영(趙寅永), 아들 조병구, 조카 조병현(趙秉鉉), 그들의 지지로 승승장구 하고 있는 당금 우의정 이지연(李止淵), 이기연(李紀淵) 형제 이외에도 몇 명이 더 있었다. 고요한 좌중에 제일 먼저 입을 뗀 것은 조병구였다.

"이렇게 우상대감을 비롯한 여러분들을 청한 까닭은 드디어 때가 왔기 때문입니다. 김유근의 집에 드디어 서학쟁이가 들어 꼼짝을 않고 있습니다. 따라서 이보다 더 좋은 기회는 없다고 봅니다. '무부무군(無父無君)'의 '역적'들을 근절해야 한다는 명분으로, 대왕대비의 윤허를 받아내어 서학쟁이들을 잡아들이다가, 종내는 김유근까지 얽어 넣는 것입니다. 제 생각이 어떻습니까?"

"흐흠……!"

침음하며 생각에 잠겼던 조만영이 무겁게 입을 떼었다.

"그전에 선행되어야 할 일이 있음이야. 먼저 우리 식구들을 관련 요직에 등용되어야 해. 이 일이 선행되지 않고 괜히 경솔히 덤볐다가는, 그들의 조직적인 반격을 받아 우리가 구석으로 몰리는 수가 있어. 하니 이 일을 우상께서 책임지고 처리해 주시오."

조만영의 말에 모든 시선이 이지연에게 쏠렸다. 그는 현 조정 실세의 하나로 자리매김하고 있었다. 지금 조정에는 2년 전 영의정 이상황(李相璜)과 좌의정 박종훈(朴宗薰)이 사직한 이래, 어쩐 일인지 후임이 임명되지 않아, 그가 유일한 상신(相臣) 즉 재상의 자리에 앉아 있었기 때문이었다.

아무튼 그런 그가 입을 열었다.

"아무리 우리가 그럴듯한 명분을 세워도 대왕대비의 윤허가 없으면 힘듭니다. 따라서 그런 인사를 단행하기 위해서는 저들에게도 내주는 것이 있어야 합니다."

"그 문제는 우상께서 알아서 하시고."

"네, 대감!"

이때 이기연이 갑자기 발언에 나섰다.

"만약 우리 식구들이 대거 요직에 등용된다면, 방축(放逐)된 죄인 홍석주(洪奭周)부터 석방하여 우리의 의리가 살아 있음을 보여주어야 합니다. 그래야만 우리가 무슨 지시를 하여도 아랫사람이 따르지, 그런 일을 도모치 않고 계속 지시만 한다면, 그 또한 먹혀들지 않는 일이 될 것입니다. 하니 형님이 이부터 추진해 주시오."

"알겠네."

이때 조병현이 결연히 발언에 나섰다.

"만약 대왕대비의 윤허를 얻는다면 이번에야말로 한양은 물론 지방까지 오가작통법(五家作統法)을 세워, 빠져나가는 사람이 없도록 철저히 단속하여야 합니다. 하고 우리가 자주 회합을 갖는 것도 눈에 띄는 일이니, 차제에 이를 상소할 자도 사전에 물색해 두는 것이 좋겠습니다."

조카의 말을 받아 조인영이 말했다.

"내 생각에는 사헌부에 뒤늦은 41세에 출사하여 출세에 아등바등하는 자가 있는 것으로 아는데, 그자를 금번에 써먹는 것이 어떻겠소?"

"집의 정기화(鄭琦和) 말이오?"

이지연의 물음에 조인영이 부정하지 않았다.

"그렇소이다."

이때였다. 조만영이 다시 엄숙한 어투로 입을 떼었다.

"내 이 자릴 빌어 분명히 말하지만 하려면 확실히, 아니면 아예 시작을 말던지. 그러니까 만약 금번에 일을 벌인다면, 척사윤음(斥邪綸音)의 반포를 얻어낼 때까지 확실히 밀어붙이고, 아니면 아예 착수도 마시오."

"알겠습니다. 대감!"

조만영의 말에 모두 결연한 의지를 표명하며 회합을 마쳤다.

*　　　*　　　*

그로부터 삼 일이 지난 초저녁이었다. 김좌근의 하인으로부터 청하는 전갈이 왔다. 이에 병호는 염전 개발권을 얻어내지 않았을까하는 기대를 품고 열일 제쳐두고 김좌근의 방에 들었다.

"부르셨사옵니까?"

"그래, 거 앉아. 저녁은?"

"먹었습니다."

"모처럼 술이나 한잔할까?"

"좋습니다."

곧 밖을 향해 소리쳐 주안상을 준비시킨 좌근이 심각한 안색이 되어 입을 떼었다.

"염전 개발권 말일세."

"네."

기대를 잔뜩 품고 대답하는 병호 보기가 민망한지 좌근의 목소리에 힘이 많이 빠졌다.

"누님 아니 대왕대비마마께서는 윤허를 하셨는데, 아, 그 풍양 조씨 일파가 강력하게 반발하고 나서니 대왕대비께서도 주춤할 수밖에. 아무래도 좀 시일이 걸리겠어. 그 대신 장빙업에 진출할 수 있는 차첩을 얻도록 손을 써놨으니 그걸로 일단 위안을 삼게."

아쉬운 대로 만족한 병호가 물었다.

"그들의 반대 명분이 뭡니까?"

"제 궁방들의 손실이 막심하다는 거야."

"그야 우리가 보존해 주면 되는 것 아닙니까? 제가 파악한 바에 따른 염세는, 속대전에 따르면 연간 염분 1좌(坐) 당 소금 4석으로, 화폐로는 1냥을 거두게 되어 있습니다. 지금 조사를 해보니 각 지방관청마다 다 달라 1냥부터 16냥까지 다양하게 받고 있었습니다. 제 궁방도 마찬가지고요. 그러니까 우리가 염전을 개발하기 위해 그들이 기존 향유하고 있는 염분을 수용해야 한다면, 해마다 이보다 조금 더 지급해 주는 것으로 한다면, 그들도 큰 반발을 하지는 않을 것으로 사료됩니다."

"내가 그런 것까지는 몰랐고. 문제는 그뿐이 아니야. 요 며칠 사이 그들의 동태가 심상치 않아졌어."

"어떻게요?"

"오늘도 대왕대비마마와 독대를 하고 나왔는데, 저들의 중요 인물들을 대거 요직에 등용시켜 달라는 청을 우상이 하고 나갔다고 하더군. 뭐 집히는 것이 없나?"

좌근의 말에 병호는 내심 '올 것이 왔구나!' 하는 생각을 했다.

올해가 기해(己亥)년으로 저들이 주도한 기해박해(己亥迫害)가 일어나는 해이기 때문에, 아마도 지금 그들이 이를 기도하는 것이라는 것을 금방 눈치챌 수 있었던 것이다.

사실 병호가 지난번 김좌근의 대화에서 이 일을 염두에 두고 정권이 저들에게 넘어간다는 예언을 했지만, 그 자리에서는 이런 내용까지 언급하기에는 부적절해 지금껏 얘기하지 못한 내용이었다.

이런 생각의 병호였지만 그는 자못 심각한 표정으로 입을 떼었다.

"저들이 기도하는 바가 추측되어집니다. 아마도 서학쟁이들을 탄압한다는 구실로, 일거에 자신들이 정권을 쥐려고 하는 것이 아닌가 합니다. 벌써 신유옥사(辛酉邪獄)가 일어난 지 벌써 40년이나 되고, 이를 통하여 우리 가문의 권력이 확실해졌으니, 저들도 이를 통해 일대 반격을 하는 것이 아닌가 합니다. 여기에 큰 아저씨께서 서학쟁이를 머물게 하는 것 또한 좋은 구실이 될 것이니, 더욱 그런 음모를 꾸미는 것이 아닌가 합니다."

"확실히 일리 있는 분석일세. 하면 우리가 이를 철저히 막아야겠군."

"아닙니다."

"뭐라고? 자네 미쳤나?"

"제 말을 들어보세요."

흥분하는 좌근을 달랠 목적으로 이렇게 운을 뗀 병호가 말했다.

"통 큰 거래를 하는 것입니다."

"어떻게? …아! 저들의 천주교 탄압을 용인하다는 구실로, 우리는 염전 개발권을 얻어내라는 말인가?"

"그것도 단독으로 토지 수용권을 포함해서 말입니다."

"그건 좋으나 만약 저들에게 정권이 완전히 넘어가면 소탐대실 아닌가?"

"그것에는 나름대로 계책이 있습니다."

"그래? 빨리 말씀해 보시게."

이때 하필 주안상을 들이겠다는 하녀의 아룀이 있었으므로, 병호는 희심의 미소를 지으며 주안상부터 들이게 하고 천천히 자신의 계책을 말했다.

이를 다 듣고 난 좌근이 무릎까지 치며 아주 좋아했다.

"그래, 그렇게 하면 우리에게는 일석삼조는 되겠네."

좌근의 좋아하는 모습을 보며, 때는 이때다 판단한 병호가 조용히 청을 넣었다. 아니 그전에 은근히 물었다.

"대왕대비마마께서는 요즘 은근히 미편(未便)하시겠습니다?"

"편안하지 않은 정도가 아니라 골깨나 아프시지."

"그러서도 단 며칠이라도 마음 편히 쉴, 마땅한 행궁 하나 없는 조선 왕실이니……."

"그 말은 자네 말이 맞네."

"이참에 이런 건의를 한번 해보시는 것은 어떻습니까?"

"계속해 보시게."

"도보로 이각쯤에 있는 인왕산(仁王山)에 행궁 하나를 신축해 드리는 것입니다."

"우리가 공짜로?"

"네."

"하면 우리가 얻는 것은?"

"그만한 규모의 사대부 휴식처를 건립하려 합니다."

"사대부 휴식처까지?"

그제야 빙긋이 미소를 띤 병호가 요정에 대한 계획을 상세히 설명하기 시작했다.

"허허… 그러면 좋긴 좋은데, 과연 대왕대비께서 들어주실지? 아니 조씨 일문이 반대를 안 할지?"

"이번 기회에 이 역시 한 묶음으로 흥정을 하는 것입니다. 제 생각에는 저들도 이 건에 대해서는 큰 반대는 없으리라 생각합니다. 자신들도 잠시 나라 일을 잊고 쉴 수 있을 테니까요."

"그래. 함께 추진해 보자고."

"그리고 지난번 지시하신 채탐인을 하나 발굴했는데, 그를 위해 자리 하나를 마련해 주실 수 없는지요?"

"누구를 어떤 자리에?"

"남병철을……."

"가만… 그러면 문근 아우의 외질 아닌가?"

"그렇습니다."

참고로 김문근은 40세로 좌근보다 세 살이 어렸다.

"그러면 우리 일문이니 배반할 리도 없고 잘됐네. 그래, 어떤 자리를 주면 좋겠나?"

"예문관이나 규장각 대교(待敎)에 임명해 주시면, 주상의 곁에서 군신의 대화와 거동을 기록하는 사관(史官)이니, 제가 앉아서도 조정의 동향을 훤히 알 수 있지 않겠습니까?"

"옳거니! 내가 미처 왜 그 생각을 못했지? 기껏 정팔품의 자리인데. 하지만 청요직 중의 하나로 권한은 막강하지. 하고 다른 부서로 옮겨가도 겸임이 가능하니, 아주 좋은 자리로군."

"그렇습니다."

"좋아! 내 적극 힘써보지. 금명간에 좋은 결과가 있을 것이야. 하고 기왕 벼슬 얘기가 나와서 말인데, 내 금번에 성균관 대사성(大司成)이 되었네."

"감축 드리옵니다. 그런 뜻에서 소질이 한 잔 올리겠사옵니다."

"하하하… 좋지!"

이렇게 또 두 사람의 술자리가 시작되었다.

『조선의 봄』2권에 계속…

초대형 24시 만화방

신간 100%, 샤워실, 흡연실, 수면실(침대석), 커플석, 세탁기 완비

▪ 시흥 정왕25시점 ▪

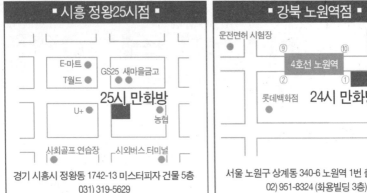

경기 시흥시 정왕동 1742-13 미스터피자 건물 5층
031) 319-5629

▪ 강북 노원역점 ▪

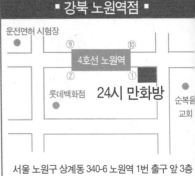

서울 노원구 상계동 340-6 노원역 1번 출구 앞 3층
02) 951-8324 (화용빌딩 3층)

▪ 일산 정발산역점 ▪

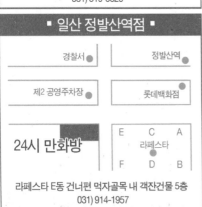

라페스타 E동 건너편 먹자골목 내 객잔건물 5층
031) 914-1957

▪ 일산 화정역점 ▪

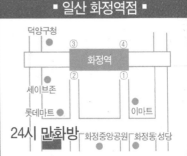

경기도 고양시 덕양구 화정동 984번지 서일빌딩 7층
031) 979-4874 (서일사우나 건물 7층)

▪ 부천 역곡역점 ▪

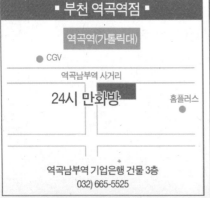

역곡남부역 기업은행 건물 3층
032) 665-5525

▪ 부평역점 ▪

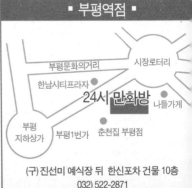

(구) 진선미 예식장 뒤 한신포차 건물 10층
032) 522-2871

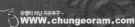

FUSION FANTASTIC STORY

텀블러 장편소설

현대 천마록

천하를 호령하고, 전 무림을 통합한
일월신교의 교주 천하랑.
사람들은 그를 천마, 혹은 혈마대제라고 불렀다.

『현대 천마록』

무공의 끝은 불로불사가 되는 것이라 생각했지만
그로서도 자연의 섭리 앞에선 어쩔 수 없었다!

'그렇게 많은 피를 흘렸음에도 불구하고
죽을 때가 되니 남는 것이 없군그래.'

거듭된 고련 끝에 천하랑의 영혼이
존재하지 않게 된 그 순간
그의 영혼은 현세에서 천마로서 눈을 뜬다!

Book Publishing CHUNGEORAM

유행이 아닌 자유추구 -
WWW.chungeoram.com

철순 장편소설
FUSION FANTASTIC STORY

괴물 포식자

지구 곳곳에 나타난 차원의 균열.
그것은 인류에게 종말을 고하는 신호탄이었다.

『괴물 포식자』

괴물을 먹어치우며 성장한 지구 최강의 사내, 신혁돈.
그는 자신의 힘을 두려워한 인류에 의해
인류의 배신자라는 낙인이 찍히고 죽게 되는데…

[잠식이 100%에 달했습니다.]
[히든 피스! 잠들어 있던 피닉스의 심장이 깨어납니다.]

불사의 괴물, 피닉스의 심장은
신혁돈을 15년 전으로 회귀하게 한다.

먹어라! 그리고 강해져라!
괴물 포식자 신혁돈의 전설이 시작된다!

Book Publishing CHUNGEORAM

유행이 아닌 자유추구-
WWW. chungeoram.com

이모탈 퓨전 판타지 소설
FUSION FANTASTIC STORY

용병들의 대지
Road of Mercenaries

이 세계엔 3개의 성역이 존재한다.
기사들의 성역, 에퀘스.
마법사들의 성역, 바벨의 탑.
그리고… 그들의 끊임없는 견제 속에 탄생하지 못한

『용병들의 대지』

전쟁터의 가장 밑을 뒹굴던 하급 용병 아론은
이차원의 자신을 살해하고 최강을 노릴 힘을 가지게 된다.

그의 앞으로 찾아온 새로운 인생!
아론은 전설로만 전해지던
용병들의 대지를 실현시킬 수 있을 것인가!

Book Publishing CHUNGEORAM

GRAND SLAM

FUSION FANTASTIC STORY

자미소 장편소설

그랜드슬램

2016년의 대미를 장식할 최고의 스포츠 소설!!

Career record : 984W 26L
Career titles : 95
Highest ranking : No.1(387weeks)
Grand Slam Singles results : 23W
Paralympic medal record : Singles Gold(2012, 2016)

약 십 년여를 세계 최고로 군림한 천재 테니스 선수.
경기 내내 그의 몸을 지탱하고 있는 것은…… 휠체어였다.

『그랜드슬램』

휠체어 테니스계의 신, 이영석(32).
그는 정상의 자리에서도 끝없는 갈망에 사로잡혀 있었다.

"걷고 싶다, 뛰고 싶다. …날고 싶다!!"

뛸 수 없던 천재 테니스 선수
그에게, 날개가 달렸다!!!

Book Publishing CHUNGEORAM

유행이 아닌 자유추구 -
WWW.chungeoram.com

GAME BALL

게임볼 설경구 장편 소설
FUSION FANTASTIC STORY

무명의 야구인이었던 남자,
우진이 펼치는 야구 감독으로서의 화려한 일대기!

『게임볼』

"이 멤버로 우승을 시키라고?"

가상 야구 게임,
게임볼을 통해 인생 역전을 꿈꾸는

한 남자의 뜨거운 행보에 주목하라!

Book Publishing CHUNGEORAM

유행이 아닌 자유추구 -
WWW.chungeoram.com